塩浦林也 著

良寛の探究 続編

通説再考

高志書院刊

目次

一　上杉篤興編『木端集』の「はしかき」が示す良寛

端木集はしかき
科《シナ》ざかる古志の道のしり、八雲たつ出雲崎、香ぐはしき橘のもとつ枝《エ》より出《イデ》ませし、良寛禅師はしも、いと幼《オサナ》き時《ヲリ》より思ひ入《イ》り給へることの有て、まだ初冠《ウヒカフム》りにもたらで、頭そりこぼち、そこはかとなく家を出《イデ》、あるは山に籠《コモ》り、あるは荒磯《アリソ》にあくがれ、四方八方《ヨモヤモ》の国を修行《スガウ》しありき、年五十《トシイソヂ》ばかりにて、同国《オナジクニ》国上《クガミ》山の五合庵《コヾホ》に駐《トヾ》まり飢《ウヽ》れば木《コ》の実《ミ》を＊1摭《ヒリ》ひ、草《クサ》の根《ネ》を堀《ホリ》食物《オシ》とし凍れば落葉かき集《アツ》めて、夫《ソ》が中《ナカ》に蹲《ウスヾマ》り居《ヰ》、春より秋かけては、里に出て賤《シヅ》が子ども等《ラ》と友なひ、鞠《マリ》をつき弾石弄石《ハジキイシナゴ》し遊び、明《アク》と暮《クル》とを知《シ》らず、子等《コドモ》らも亦《マタ》よく馴《ナレ》て疎《ウト》からず、一《アル》日《ヒ》子ども等《ラ》と　＊2隠戯《カクリゴト》して稲藁《イナワラ》つむ乳《ニウ》といふもの、中《ナカ》に潜《ヒソ》み、日暮《ヒク》れ子共等《ラ》は己《オノ》が家、、＊3に帰り行をも知らで、聲繕《コハヅク》りし好々《＊4ヨシ、、》とほのかに云《イヒ》て＊2隠《カク》れ居《ヰ》給へしを、若き男《ワカオノコ》どもの聞得《キヽツケ》て盗《ン》なめりと

（この行まで一丁表）

て、打擲《ウチタヽ》き果《ハテ》は縛《シバ》りものせしが、邑《サト》の内《ウチ》に禅師を知れる人の在《アリ》て、
放《ハナ》ち奉りしとか、又子ども等と終日《ヒネモス》遊び困《コウ》じ、荒野《アレノ》に偃《タフ》れ寐《イネ》
ませしを、狼《オホカミ》どもの夜もすがら守《マモ》らひ居《ヲ》りしを、さのみ恐《カシコ》しと
も思ひ給はぬなり、その住《スミ》給ふ五合庵は山深き所にしあれば、大蛇《オロチ》
なす朽縄《クチナハ》どもの幾箇《イクツ》となく庵内《イホヌチ》に這入《ハイリ》をれど、禅師も蛇《ヘミ》も
また憚りげなかりき、如此《カク》しも躬《ミ》を木《キ》の端《ハ》し炭《スミ》の折《ヲ》れと類《タグ》ひ
給ふは、本性の霊《タマ》を練《ネ》り給ふなるべし、されば庵《イホ》りに在《イマ》す程は、
山雀《ガラ》鷽《ウソ》　鶯《ウグヒス》　鵙《モズ》*5　□《テラツヽキ》などの野鳥山鳥《ノトリヤマトリ》立こみ集《ヰ》、禅師の頭《カウベ》に
とゞまり、もの書《カキ》給ふ腕《カヒナ》にたはふれ、筆にすがり、遊び居《ヰ》るを
見るに、枯木死灰《ボクシクハイ》の心魂にあらずは、いかで此所《ココ》に至《イタ》らん、出家
捨身《シヤシン》の目《ナ》、禅師において初《ハジメ》て見、恬淡虚無《テンタンキヨブ》の辭《コトバ》、はじめて禅師　（この行まで一丁裏）
に知る、世の中よ人はさがなくて己《オノ》がひきゞ*6、誉《ホメ》も嘲《アザ》みもすなるを、狼蛇《オホカミヘミ》
のわりなく友なひ、野山の鳥どもの露懼《ツユヲソ》れざることをば何とか云《イ》はん、

（渡辺秀英氏復刻の上杉篤興編『木端集』〈一九八九年、象山社〉の「はしかき」全文で、行替えは原本のまま。二丁表二
行目まで書かれているこの序文の、一丁目における表裏の別を該当行下方に注記。文中の濁点や句読点は原本に朱書きの
もの。傍線は本文右脇に付された朱引き。＊1…ヒロの誤記か。＊2…「隠」の旁上部「ノツ」は、原本では疋の五画目
の無い形を記す。＊3…原本では平仮名の「く」形の二字分の踊り字を記す。＊4…「好々」の原本での踊り字は、一文
字分に「ヽ」を二つ重ねたものを記す。その踊り字に付された読みは、平仮名の「く」形の二字分の踊り字を記す。＊5
…この箇所の□に相当する漢字は、「列」の下に「鳥」を書いたもの。＊6…原本は平仮名の「く」形の二字分の踊り字

を記し、朱で濁点を加えてある。）

この文章は、蒲原郡小関村の名主で国学者でもあった上杉篤興が、自分で「採拾」した良寛歌集『木端集《きのはしじゅう》』の冒頭に二葉の用紙を加え、そこに記した「はしかき」である。この一文が良寛の伝記研究において注目される理由は、高橋庄次氏がこれを根拠として『良寛伝記考説』（一九九八年、春秋社）四四～六九頁において、「十八歳の出奔は出家ではない」「故郷からの脱出」「栄蔵の辛苦のさすらい」「破家散宅して学友のもとへ」「父以南の悲しみ」「少年栄蔵の放浪の日々」「少年栄蔵と法華経の窮子」の都合七項目のもとに、良寛得度前における行者《あんじゃ》修行説を提唱し、その見方はさらに冨澤信明氏の「（十八歳から）二十二歳で出家するまで足掛け五年」の遍参説（「壮年良寛　円通寺入山から五合庵定住まで」〈全国良寛会会報『良寛だより』第一二一号《二〇〇八・七・一付》等による）に引き継がれていて、この二氏の所説がほぼ通説化していると見られるからである。

そこで、篤興は本当に尊崇の念をもって在世中の良寛と交際し、良寛から具体的事実を聞いて「はしかき」に書いていったのか否かを考察し、その先において、「良寛得度前における行者《あんじゃ》修行説」の当否を考えたい。

ア　『木端集』の成立は、良寛在世中か

高橋庄次氏は前出書四五頁で、「これ（『木端集』を指す）は良寛の生前に成立していた歌集」であり、その歌集名が「（僧侶は）人からかえり見られないつまらない存在」の意であるところからみて、「良寛自身の命名かもしれない」とされた。良寛が自分より三十歳年少の友・上杉篤興（渡辺氏前出書一六三頁によると、篤興の出生は天明八年〈一七八八〉と推定されるという。なお、良寛の出生は宝暦八年〈一七五八〉と推定されている。この後に記す年齢はいずれも数え年である）によって編まれた自分の和歌集を見、良寛が「（僧侶は）つまらない存在」という謙遜の意味を込めた『木端集』

の名を付けたのなら、良寛と篤興との関係はどんなものだったことになるか。

良寛は初対面の人以外は誰に対しても、相手が持っているであろう自分との心理的距離をも考え、相手の思いに配慮して生きていたが、その生き方からすると、謙遜した集名を付ける良寛の行為の前には、篤興が良寛に対して同様の態度――親しさの中にも、年長の良寛を年長者として尊び、既に禅僧、漢詩人、歌人、書家としての名が世間に知られてきている良寛を、そのような人として心から尊崇していて、それが自然と現れ出ているような態度――を持していたはず、ということになる。しかし、そのように篤興が良寛尊崇の念を持っていたと断定するには、折々、良寛を気遣って外から支えていた他の名主階層の家と同様の状況証拠が、上杉篤興においても残っていることを確認する必要がある。

名主階層の家に、尊敬する良寛から手紙が来たらどうするだろうか。特に、良寛が書家として有名になっていたらどうだろうか。そんな場合、少なくとも即座に廃棄する気持ちにはならず、取りあえず箪笥や棚の上に置いておくものだろう。良寛から名主階層の家々に宛てられた大した用向きでもない書簡が今に伝わるのは、受け取った家でそのように取り扱われていた結果なのだろう。

そう考えられるがゆえに、各家宛良寛書簡の伝存状況を谷川氏編著『良寛の書簡集』(昭和六十三年〈一九八八〉、恒文社)で探ってみると、

生家宛＝二十七通(由之…十七、左門…十)
外山家宛＝五通
解良家宛＝二十八通(叔問…二十、新八郎…一、孫右衛門…三、熊之助…三、正八…一)
阿部家宛＝四十八通(定珍…四十七、かか…一)
木村家宛＝五通(元右衛門…四、周蔵…一)

原田家宛＝九通（鵲斎…一、正貞…八）
三輪家宛＝十三通（権平…八、九郎右衛門…二、左一…三）
山田家宛＝十四通（杜皐…十三、およし…一）
新木家宛＝二通？（与五右衛門…一、荒木忠右衛門…一）

等とある。さすがに近親の新木家ではあまり大切にしていなかったらしいが、他の名主階層の家々では、良寛より若い主人を中心に、有名になってきていた良寛の書簡を保管していった様が表れている。一方、同書二五二番の宛名不明の書簡には、

一　此一冊柳川より来候間／御とゞけ申上候／先比御貴宅ニ遺置候
一　寒山詩はコセキ六郎子／方御とゞけたまはりしや
一　詩人玉屑　酒屋より参候バ／涌井氏へ御返斉《さい》／度被下候　以上
一　此状ハ柳川へ御当地より便に被遣可被下候

八月七日

良寛

（掲載の書簡写真によると、四項目めは追而書で小字の記入。二行目冒頭の「一」は衍字か。各行中の／は改行符号）

とあって、三十歳年少の上杉篤興（この書簡に言う「コセキ六郎子」）に対する良寛の親密さが想像されるのに、良寛の篤興宛書簡は一通も伝存していない。良寛からの書簡は、当然、何通も届いていたはずなのに、である。

――なお、脇道にそれることだが、右の書簡中に良寛の知る「柳川」「御貴宅」「コセキ六郎子」「酒屋」「涌井氏」

が次々書かれてあるところから、この書簡は反幕機運ネットワークの回状で、良寛はその名主層組織の中にいたとの論が出ている。が、その論には、社会救済活動そのものへの良寛の具体的かかわりが読み取れぬため、例えば、証拠をあげずに「良寛には癩病院再興の企画があった」とする説同様、筆者は賛同することができない。そう言う訳にはもう一つ、良寛の生き方という点がある。これらの説のように良寛が世間に働きかける言行を行うには、禅修行で磨きに磨いた良寛の本性の中に「世の中に働きかける本性」が存在しなければならないはずである。もし、その本性が良寛に存在したのなら、二回目の請見で大而宗龍の触発を受けてからは、折あるごとにその本性の発現としての事蹟が見えてくるはずなのに、これまでの筆者の管見には自発的に世間に働きかけたと見えるような事実は入ってこない。このことからすると、世に働きかけた事蹟の見えない人生を生きた良寛には、世の中に働きかけようとする本性はほとんど存在しなかった、ということになる。

そのことは、良寛に関してしばしば言われる「慈悲」や「慈愛」に生きたとする見解をも否定する。「慈悲、慈愛」という言葉は、もともと上から下へ手を差し伸べるというニュアンスを色濃く持つもので、仏が人を救い、親がその子を慈しむ場面に用いることが多い。それを踏まえて言えば、「慈悲、慈愛」の行いは、その行為以前に「助けを要する人びとがいたら助けてやろう」との思いが前もって心中にあって、助けを求める人がいたときには、その人の望みどおりに事を成就してやる、ということだろう。現代、大災害が起きた時にボランティアが募集されると結集する徳の高い人びとの心がけを考えてみても、そうであることははっきりしている。

ところが、良寛の場合、幼少期から家族以外に向けられた心の動きは固く押しとどめられたものか、ほとんど行動として伝わるものが無い。家族の中でのこと、あるいは自分自身の「一人遊び」のことしか伝わっていない。そんな内気な子供から成長していったはずの良寛には、むしろ、積極的に世の中に働きかけようとする本性(ある種の衝動)がきわめて希薄だったとする方が自然ということになる。そんな若い頃の良寛が、十七歳の折には対世間の対処能力に欠けていることを痛切に知り、出家して後の仏道修行では、常不軽菩薩が我が立ち位置を常に相手の下に置いていたことを知ったのだから、それらの経験、知見の総合的結果として、乞食行に生きる自身の日常生活の範囲で完全な実行が可能で、しかも、その日常生活に基盤を置いて、その充実した日常生活によってのみ磨き続けうるような生き方の基本姿勢、良寛自身の言う「無観」(『良寛の探究』「『天上大風』という語」を参照)に自然に至りついたのに違いない。

では、そのようにして「無観」の生き方を基本姿勢とした良寛は、世間(周辺にいて関わりの必要な人びと)にどう対応したのか。前もって、まだ見ぬ世の人すべてを対象として、「何かあったらすぐ…してやろう」と構えているような上から目線の「慈悲、慈愛」での対応ではなく、今、自分の関わっている人に対して、自分の全人格をかけてできる範囲での最高の対応を心がけることになったのに違いない。

こうして、良寛は「慈悲」や「慈愛」に生きたのではなかったと分かるが、それはかりでなく、良寛が幾度か漢詩中に記したところの、世間一般の有りようを嘆き、他の一般の僧侶の有りようを非難していたと理解されてきた詩句も、その解釈が世の中や僧侶一般を対象としたと見ている点で、通説は矛盾が内在する理解ということになってゆく。正しくは、これらの漢詩は「人の振り見て我が振り直せ」に基づくものであって、良寛自身の本性がそう判断するのなら、まず、否応なしにその判断の方向に自分自身が向かわねばならぬ、と自分に言い聞かすためになしたことだと解する以外には無い。言わば、俗世間に生きて、俗世間の圧倒的な風潮に染まりそうな自分に対する、一種の自己純化行為だったということになろうか。

さらにもう一点、こうした「無観」の生き方は、中野孝次氏も言われる「自己の外にある物のために生きることを完全に放棄して、己が心の平安、真実の自己の充実のためにだけ生きる生を選んだ」(『風の良寛』〈文春文庫〉六二頁)というものであるから、それを徹底すればするほど自分の過去の経験則を最重要視することとなる。良寛に「仮名戒語」が存在し、詩集や歌集が存在するのは、この基本姿勢に拠るのである。また、このような「無観」を生き方の基本とした良寛だったから、やがては法華経の教えからも、釈迦に始まって師の國仙に至る仏教の流れからも、徐々にかつ自然に離れていくことになったのである。――

さて、ここで本題に戻るが、右に述べてきた「篤興宛書簡は一通も伝存していない」という状況は、後に触れるように、上杉家の家屋が破壊されたとか、篤興が追放となったとかということが原因ではなかろう。例えば、篤興が食うに困った時、良寛の書が欲しい人のところに持ってゆけば、なにがしかの金を得ることが出来たはずだからである。もし、篤興がそうしていれば、今、何処かの誰かが一通なりと篤興宛良寛書簡を所持していても良いのではないか。谷川氏前出書では二十三通の「宛名不明」の書簡があるとするが、その中に何通か篤興宛が含まれていると後日となって証明されたなら、あるいは、天災や人災によってすべての篤興宛書簡が遺失したと証明される時が来たなら、ここでの以下の論は撤回しなければならないことになるが、しかし、「篤興宛良寛書簡が一通も伝存していない」という現状は、篤興が良寛書簡をあっさり廃棄していたのだ、ということを暗示しているかと思う。

では、篤興は良寛書簡をなぜ廃棄したのか。――天保八年(一八三七)六月一日に生田萬の乱が起きたが、その首謀者・生田萬を招聘した者として篤興は六月四日召し捕らえられた。安易に考えると、その捕縛前に、他に迷惑が及ばぬよう受け取っていた一切の書簡を処分したために良寛書簡も伝存しない、と見る見方も出てくることだろう。が、そう考えると、住宅破壊、追放になった天保五年(一八三四)以後の三年間、極貧生活の中で売ればなにがしかの金になるはずの良寛書簡を持ち続けていたことになる。極貧にあって和歌で我がどん底生活を嘆いた篤興なら、天保八年(一八三七)六月四日に召し捕らえられるよりも何年も前に、金に替えうるものがあればすべて金にしていただろうと見るのが自然ではなかろうか。それゆえ、良寛の篤興宛書簡が一通も伝存しないのは、生田萬の乱のせいではないことになる。やはり篤興は、世間に知られてきている良寛からの自分宛書簡に何の価値も見出さず、それを保存しようという思いは持たなかった可能性が高いと言える。

では、他の庄屋の若い主たちと違って、篤興がなぜそのように良寛のものを大切に思わなかったのか。それは第一に、篤興が折々和歌を詠み、幾冊も歌集を残しているほどの歌詠みだったからだろう。歌詠みとしての自負を心の奥に秘めていた篤興から見ると、近隣に名が聞こえているとはいえ、良寛もまた、自分と同等の一人の歌詠みと見えたのに違いない。これをさらに言い替えて言うと、篤興の歌詠みとしての気位が、歌詠みとしての良寛と自分を対等と見させた、ということになろうか。さらに第二の事実としては、次項に概略を記すところの篤興自身の国学者としての自負心ということがある。「歌詠みとして対等」という認識以上に、このことこそ篤興に最大強固の対等意識をもたらしたのかも知れない。加えて第三に、当時の家柄重視の常識から言えば、我が上杉家も良寛の生家同様に名主だ、という対等意識がはっきりあったことだろう。それらのことが相俟って、篤興の心中には、名前が近隣に知られてきている良寛に対しても、自分は対等であるという思いが醸成されていったと思われる。そのうえ、良寛が乞食坊主と噂されていたことも、篤興に良寛を低く見させるように働いたかも知れない。こうした良寛に対する対等意識から、篤興は良寛を単なる年長の友人の一人としてみることになったのではないか。

以上の篤興に関する推論が誤りでないなら、何の尊崇意識も持たない単なる友人、単なる歌詠みでしかない良寛の歌集を、良寛在世中の篤興がわざわざ作ろうとするはずはないことになる。ただし、学問的研究対象としてそこに何かを求める場合には、尊崇の念が無くとも作品集編成の必要性が出てくることがある。良寛示寂の後、『木端集』作成を企図した頃の篤興には、その必要性が強く感じられていたと推測されるが、そのことについては後に述べる。しかし、良寛在世中に、篤興が基礎作業としての歌集編纂までして良寛を研究の対象にしたくなっていったという事実は、篤興の資料中には見出し得ない。したがって、その目的での良寛在世中の『木端集』編纂は無いものと考えられる。

このように、篤興が良寛在世中には良寛尊崇の思いも持たず、良寛研究の思いも持たなかったと見えるのに、現に『木端集』は伝存するのだから、自然とその成立は良寛在世中ではなく示寂後ということになり、自動的に「『木端集』という歌集の名も『良寛自身の命名かもしれない』」というのは成り立たないこととなる。また、『木端集』を「端木集」と誤記している「はしかき」は、集の成立よりもさらに後のことになるはずだから、良寛が目を通したと認定するのは、不可能なことである。

では、いったい、篤興が良寛の和歌を「採拾」して『木端集』を編んだのは何時か。また、それに「はしかき」を書いたのは何時か。――その二点を改めて考えねばならないが、そこに行く前に、いかに良寛在世中の篤興が国学と深く関わり、いかに強固な自負心を懐くことになっていったか、という点について、前もって見ておくことにしたい。

イ　良寛在世中の上杉篤興は、いかに深く国学に傾倒していったか

篤興の場合、壮年期に心を占めていたのは国学だった。そこで、国学に良寛歌集編成や「はしかき」執筆に繋がるものがあるか無いかを点検するために、篤興が何時、どのようにして国学に入り、どのような繋がり方をしていたのか、について見てゆくことにしたい。そして、そのまた先において、晩年の篤興の境涯に、良寛を振り返らせるような状況があったのかどうかについても考えを進めたい。

前出の復刻版『木端集』一六三～一六四頁において渡辺秀英氏が説くところによると、上杉篤興は天明八年（一七八八）生まれで、寛政四年（一七九二）にロシア使節ラクスマンが根室に来航して以来、「当時はさかんに外国船来襲があり、海防問題とともに、攘夷尊皇の精神がさかんになり」、「身体のわりに弱い彼（引用者注…篤興を言う）の選んだ道は、大和魂を究明し、この実行をはかるべく国学の道へ進むこと」だと考え、文政三年（一八二〇）三月十六日に平田篤胤に入門したという。

『新修平田篤胤全集』別巻(昭和五十六年〈一九八一〉六月、名著出版)収載「誓詞帳　一」によると、篤興はここに記された門人五四三名のうちの二二〇番目の入門で、それは既に一二三番目に入門していた「越後國蒲原郡」「伊夜彦神社々人」「高橋斎宮」(他に入門日の「文化十三年丙子五月」「元鈴屋翁門人」「尾張連国彦　後光敬」が書かれてある。原書籍の踊り字は、一字内に、を二つ重ねたもの。現代風に名前を言うと「高橋国彦」)の紹介によることだった。「誓詞帳　一」の上杉篤興の項目には、翻刻の際に索引編成のために加えられた一連番号を最初として、次のようにある。

二二〇　越後国蒲原郡小関村　　後八郎
文政三年庚辰三月十六日　　篤興　因懇願与一字
高橋国彦紹介　上杉　六郎

ここに記された文政三年(一八二〇)に篤興は三十三歳だった。十七、八歳で一人前扱いされる当時の社会慣例からすると、少なくとも十年間は名主職に通ずる立場にもあり、国学の吸収、研鑽にもそれに近い年月をかけてきていたと考えられる。それゆえ、篤胤門で四年先輩の伊夜彦神社々人・高橋国彦に紹介を依頼できたのであり、入門に当たっては「師の御名から一文字を是非賜りたい」と篤胤に懇願出来たのである。こうしたことからして、平田篤胤は入門時点からの篤興に、国学に関する見識や国学にかける本気度を「見所がある」と捉えていたのだろう、篤胤はその文政三年(一八二〇)の年の十一月二十三日から翌文政四年(一八二一)三月まで篤興を内弟子として住まわせていた(渡辺氏前出書一六五頁)。この内弟子期間中、篤胤は文政三年十二月二日に戸田伴七(下野国河内郡宇都宮産、五十二歳)を、翌文政四年二月二十九日には本間源太(越後国蒲原郡丸山村)を自ら紹介者となって入門させている。

上杉篤興が平田篤胤門人となったことの主たる目的は、篤胤の研究を近くで吸収することにあったらしく、入門以降、篤胤の研究法とその成果に心酔していった。その結果、師の研究成果出版にまず力を注いだらしい。そうした篤興の存在が篤胤に好影響をもたらしたことは確実で、篤興入門前後の時期に篤胤がまとめた「仙境異聞」（信濃の浅間山の神仙に七歳から七年間仕えた高山寅吉を、文政三年〈一八二〇〉十月から文政八年〈一八二五〉秋まで篤胤が食客として迎え、その寅吉から、門人たちといっしょに仙界のことを聞き出した聞き書き。篤興はその主要部分を聞くことが出来たはず。）には次のように篤興に触れた箇所がある。

ア　…（略）越後國蒲原郡小關村、上椙六郎篤興來れり。（『新修平田篤胤全集』第九巻三九三頁下段）

イ　（同巻四六五頁下段。該当箇所の文章は次頁に掲出）

ウ　（寅吉が神懸かりとなり、寅吉の幽界での師が寅吉に乗り移ってものを言った日と、その後の箇所。そこに次の二度篤興の名前が出る。）

①　…（略）屋代翁の許へは、上杉六郎と云へる、同門に塾に居るを、つかはしける時に（以下略。同巻五八五頁上段）

②　…（略）大角をはじめ、竹内孫市、上杉六郎すべて三人、食事ごとに、一椀づゝ減して候ひぬ。（以下略。同巻五八七頁上段）

エ　…（略）すべて此御祭に、參り會たる人びとには、まづ屋代翁、（この箇所に出る十三名を省略）、此餘に越後國小關村より塾に來居る、上杉六郎と云へる者と、おのれとなりき。（以下略。同巻五九二頁下段）。

（なお、全集四九五頁によると、この頁までの「仙境異聞」上巻〈一～三之巻〉は、文政三年〈一八二〇〉冬までの聞き書き筆記で、文政六年〈一八二三〉三月までに平児代答が清書したという。なお、「仙境異聞」下巻の成立は、末尾に「文政四巳年四月」とある。）

この「仙境異聞」の内容によって考えると、この頃の平田篤胤の国学は、各地の言い伝えや神隠しに遭った人の話を結びつけ、それらの中に産土《うぶすな》の神々の神慮というものの存在を探る方向にあったと見られる。その篤胤の内弟子としての篤興は、直接、師の風貌にも接し、話された言葉のニュアンスにまで理解の及ぶ立場となって、師の見方を正確に汲み取ることができたし、師・篤胤の方でも、篤興の中に自分の認識や探求の方向と直結する資質を見てとることになっていったらしい。それが端的に表れているのは、「仙境異聞」中、寅吉が氏神について語ったことを受けて篤胤が自身の見解を記した際に、その実例として篤興の語った河童の伝承を記している箇所であろう。もしかすると、この篤胤による河童伝承の書き込みは、篤胤が篤興の国学的資質を認め、篤興に対して信頼を表明した行為だったのかも知れない。

篤胤が「仙境異聞」に書き込んだところの篤興の話した河童伝承というのは、以下の話(前頁イの項目に相当)である。

(略)上杉六郎篤興が物語に、越後國蒲原郡保内と云ふ所の河にて、夏のころ、人々水浴て有ける中に、一人の男河童に引れむと爲けり。其人聲を上げて、我は今河童に引るゝを、人々助給へと、頻に呼はれど、恐れて誰も寄つく者なく、皆逃上りけり。彼男は足を引れて漸々に深みに入るに、水ねばりて手足働かれず、既に河童の穴に引入らるべく、危かりしかば、一心に氏神八幡宮を念じけるに、何處ともなく空中より、其水にかぢり付べし、といふ聲、二聲ばかり聞えしかば、其如くしけるに、水のねばり止み、身も輕く成りて渚に游ぎ歸りぬ。いと不測なる事なりと語りければ、寅吉聞きて、

(以下略。これ以下は寅吉が語りだして、「(幽界に入りたての頃の経験のうちから)身より青き光り、蓑を著たる如く、

燃出て、其光り、ちらちらと飛散る」蓑虫という特殊な物の話となる。寅吉は着ている着物の光る箇所に噛みついてみたら光が消えたので、師に尋ねると、その法以外には消す方法はないと言われた、と語り、続けて「然れば河童に引れたる人に、神の誨して喰付しめ給へるは、定めて故ある事なるべし」とある（前出全集第九巻四六五頁下段）。なお、篤興の母は保内村〈現・三条市保内〉の熊倉玄泰の娘である。母から聞いていたことを即座に言い出したもので、国学者として実地に採集してきた伝承ではなかろう。）

かくして師の信頼を得、一人の国学者として師説を誤りなく理解できているという自信も得て、篤興は文政四年（一八二一）三月、帰郷した。

その後の篤興は、国学にさらに深く関わって生きたと言って良い。文政六年（一八二三）五月三日に細貝邦太郎（越後国古志郡□貫庄六日市村〈□は偏が木、旁が造の一文字〉）、翌文政七年（一八二四）正月八日に佐藤与藤太（越後国村上藩中蒲原郡三条陣屋）、文政十年（一八二七）十月十五日に宮嶋貞吉（越後国蒲原郡三条、十八歳）、文政十一年（一八二八）四月廿日に宮嶋儀左衛門（越後国蒲原郡三条、宮嶋貞吉の兄、二十五歳）、藤崎順左衛門（越後国蒲原郡敦田村、三十四歳）、関谷弥兵衛（越後国蒲原郡上ノ原村、二十八歳）というふうに、自らの入門以後の足掛け九年間に計八名を篤胤に紹介、入門させている。もちろん、この期間には蒲原地方の名主階層に国学の尊重を説いてまわっていただろうと考えられることは、渡辺氏が前出書一六五頁に説かれるとおりである。

右の期間内の文政九年（一八二六）、篤興は篤胤の著作物出版費用の捻出と困窮民情の打開を企図し、他と計って利根川下流新田開発に関する願書、見積書、仕様帳を幕府に提出した。翌文政十年には名主役をやめて江戸に出（閏六、七月には平田家に滞在）、事業の推進に努めていった。この事業については、最初に篤胤に話されたのが何時なのかは分からないが、おそらく文政八年（一八二五）後半には計画の骨子は出来上がっていたはずで、いち早くそれを篤胤に伝えていたに違いない。師・篤胤が「真前乃舎《まさきのや》」の大額字を揮毫して与えたというのは、篤興が国学発展のための経済的裏付け策を案出、推進しようとしているのに報いようとしたためだろう。「真前」の二文字には篤胤の思考範囲を超えるほどの行為に対する驚きと感謝がうかがえるように思う。この篤胤による額字授与は、篤興の国学者としての立場を世間に鮮明にさせることになったわけで、それまでの「篤胤の国学を正しく理解してきた」という秘かな自負を、師の認めた公認のこと、確定的なこととして自認し、「古学神道趣意書」に書して自らを「北越国学棟梁」とする心境に至らせていった。ただし、この新田開発計画自体は不首尾に終わり、失意、窮乏のうちに帰郷、再度、名主職を続けることになった。

その後の篤興について渡辺氏前出書（一六七〜一七九頁）に従って記すと、天保元年（一八三〇）、子の憲直に名主職を譲り、良寛示寂の天保二年（一八三一）には後妻を迎えた。この状況から言えば、まだこの頃も自己愛的自負心を強く持っていたはずで「やせても枯れても我が家は名主の家柄、しかも俺は北越随一の国学者」と考えていたと思われる。ところが、篤興から名主職を継いでいた実子は、天保四年（一八三三）、「家庭の窮乏や、不安定な状態に意欲を失ったとみえ、遂に名主を捨てて、（中略）放浪の旅に出」て、名主職は篤興に戻ってきた。ところが、その篤興が、翌天保五年（一八三四）十月には「名主職追放はもちろん、住宅も破壊されるという悲運に遭」ったという。さらに、天保八年（一八三七）六月の生田萬の乱の際には、篤興は不参加ではあったが萬を柏崎に招聘した人物として召し捕られて江戸へ送られ、九月、許されて帰郷するなど、苦境の中に辛うじて生きて、天保十五年（一八四四）に死去した。

こうしてみると、天保五年（一八三四）十月、名主職追放、住宅破壊に見舞われるまでは、篤興は大いなる自負の念を懐き続けていただろうと想像される。それが誤りでないなら、篤興の心の中では、年長の良寛と自分との関係を見る場合もその自負心に基づいたはずで、「良寛は自分よりはるかに格上の人」という判断には至らなかったと推測される。だから、良寛から書簡が届いた時、その用向きは友人として大事にするとしても、良寛の人格が滲み出た書簡、あるいは書蹟に価値のある書簡と認めて保存する気持ちにはならなかったと判断される。――ただし、良寛が上杉家に来て書き残した書作品形式のものは、先代以来、残してきていたらしい。『木端集』には「初より此歌迄大木所蔵」(大木は篤興の別号)という記載があり、それより前には長歌十二首、反歌を含む短歌四十一首、旋頭歌八首が書かれている。――

ウ　『木端集』編成意図と収集開始時期

篤興が良寛の和歌集をつくろうとした遠因の一つは、国学との関わりの中にあるのではないか。篤興は高山寅吉の語った内容を文政三年(一八二〇)十一月二十三日から平田家に住み込んでいて実際に耳で聞いており、その寅吉の話は篤胤によって記録され、その記録文は文政六年(一八二三)三月、清書本「仙境異聞」上巻として完成した。その後の文政十年(一八二七)閏六、七月に篤興が再び平田家に滞在したのは確かだから、その折には清書本を見ただろう。「真前乃舎《まさきのや》」の額字を与えた弟子・篤興が平田家にやって来れば、寅吉の話しをいっしょに聞いた篤興に、出来ていたその清書本「仙境異聞」上巻を見せないわけがない。篤興も関心をもってそれを読んだに違いない。その清書本には次のような箇所がある。

(山に帰ってこのたび師の許しを得たから、として寅吉が明かした「山人」と「天狗」についての話の中で)まづ山人と云ふは、此世に生まれたる人の、何ぞ由ありて山に入り世に出ざれども、自然に山中の物をもて、衣食の用を辦ずる事を覚え、禽獣を友として居れば、最初の間は獣類も此を恐るれども、後にはなれ近づきて、食をさへに運び與ふ。三十年ばかりも山に居れば、誰も成らるゝ物にて、安閑無事に木石の如く長生す。これ眞の山人なり。また深山に自然に生ずる物あり。其は異形さまゞゝなれど、まづは人状に近き故に、此をも山人と云ふ。然れど此は魑魅の類と云ふべし。さて我が師の如きも、山に住む故に山人とは稱すれども、眞は生きたる神にて佛法なき以前より現身のまゝ世に存し、神通自在にして、神道を行ひ、其住する山に崇むる神社を守護して、其神の功徳を施し、或は其住する山の神とも崇められて、世人を惠み、數百千萬歳の壽を保ちて、人界の事に閙がはしく、かつて安閑無事には居ざる物なり。また佛法渡れる後に現身のまゝ世を遁れて、佛を崇むる山に住み、其崇むる佛の功徳を行ふ山人も多し。此も自在の態ありて長生なり。また現身を蛻《モヌケ》の如く捨て化れるは殊に夥しく有り。此また靈妙なる事元よりなり。但し佛道信仰の者の化れるに、現身ながら化れるにも、現身を捨たるにも、正と邪とあり。然るは世の限り邪道を信ずと云へども、幽界に入りて始《ママ》めて其道の妄なる事を悟り、正道に歸する心を生じて世人を利益す。これ正なり。また幽界に入りてなほ悟らず、迷へる者、また悟りつゝも正道に歸せず、ますゝゝ我慢をはりて、生涯の失を改めざる者は、共に妖魔の部屬に入りて、幽より事を行ひて、世人を邪道に引入れむとす。是邪なり。彼界にて山人と云ふには如此く差別多し。さて前に云へる安閑無事の木石の如く長生する山人をおきて、餘の山人は人を透《ママ》ふなど、折々世に知らるゝ態を現はすを、人は右の差別を知らざる故に、凡て天狗の態といひ、天狗と名けたるによりて、姑く彼方にても其儘に稱ふれども右何れも天狗とは異なり。天狗と云ふはもと天狐の事なりと師説なり。（前出全集第九巻四五〇頁下段〜四五一頁下段。括弧内の注記と傍記の「ママ」、傍線は引用者。「ゞゝ」は平仮名の「く」形の二文字分の踊り字の代用。）

右の引用中に傍線を付した箇所は、確かに良寛の生活状況とも共通点のある記述だが、そうだからといって、当時の篤興の心理が右に想定してきたとおりだったとすれば、この引用箇所を読んだだけで良寛歌集編成へとは動かないだろう。良寛歌集の編成には、国学の知識としての「山人」のことを頭に置くのは当然としても、良寛が自分と違って「山人に近い、偉大な存在だ」とするような、はっきりした実感が必要だろう。そうすると、篤興が良寛との間に大きな差異を実感し、「良寛＝山人」と考えるのは、新田開発が不首尾で帰郷した頃でも、実子に名主職を譲った頃でも、後妻を迎えた頃でもないことになる。さすがに天保四年（一八三三）に実子が放浪の旅に出てしまったのは辛かっただろうが、「痩せても枯れても俺は名主、しかも北越随一の国学者」という自負に縋って生きる以外に堪えようはなかっただろうから、実子の家出はその思いを強めこそすれ、弱める方向には作用しなかったと思われる。そうすると、篤興が天保五年（一八三四）十月に名主職から下ろされ、住宅が破壊されて追放になった、そのことによって、篤興は初めて良寛の生活レベルと同じ厳しさを無理矢理経験させられることになったのであり、その状況で生きてみて、良寛が同一の状況を若い頃から自らに課して生きてきた、ということの偉大さが、初めて身に染みて認識されたはずで、篤興はその頃に至って、ようやく良寛尊崇の念を持ちはじめたと見るのが一番自然と考えられる。

文政十年（一八二七）に平田家で清書本「仙境異聞」上巻を読んだ後の篤興が、右のような生活状況、心理状況にあったとすると、良寛尊崇の念による良寛歌集作成は天保五年（一八三四）十月以降ということになる。その年は良寛示寂の天保二年（一八三一）一月を下ること三年余であるから、高橋庄次氏が『良寛伝記考説』四五頁に記された「わが身を木の端や炭の折れと同類の存在、つまり人からかえり見られないつまらない存在であり、それを篤興は『と類ひ給ふ』と言っているのだから、この（『木端集』という）歌集名は良寛自身の命名かもしれない。これは良寛の生前に成立していた歌集だからである。」（括弧内は引用者の補入）とする部分は成立しないことになる。

この『木端集』成立時期については、渡辺氏が復刻版一〇七頁で、文政十年（一八二七）十二月十六日死去の原田鵲斎（正貞の父）を下敷きにした良寛作品の詞書に「正貞が父にわかれたる又の年の春」とあるところから、「文政十一年（良寛七十歳）頃と推定される」としておられるが、この説は、篤興が良寛歌集を編もうとした意図に触れておられないゆえに、篤興がこの時期に良寛歌集の編纂に向かう必然性というものがまったく不明であって、右の筆者の見方から言うと想定が早すぎると言わなければならない。

ただ、ここに述べてきた「上杉篤興は、何時から、なぜ『木端集』編纂を始めたのか」ということについての私見は、篤興の心理状況がどうだったと推測されるか、ということに基づいている。したがって、この小文をここまで読んできた人の中には「篤興とてそこまでの自信家ではなく、文政十年(一八二七)以降に尾羽打ち枯らして帰郷した後には自分の無力を知り、『偉大なる良寛』の実感を持ったのだ。だから、良寛の生前から『木端集』は編まれたと見てもよい。」とする説を考える向きも出ることだろう。そして、その論が成り立つと考える人は、自動的にその後に続けて高橋氏の「良寛の十八歳家出、足掛け五年間の行者説《あんじゃ》」も成立すると考えてしまうだろう。仮にその論の立場に立つと、文政十年(一八二七)以降、住宅破壊、追放となる天保五年(一八三四)十月までの期間の早いうちに、篤興が良寛の偉大さを知った可能性はわずかに残っており、その結果、その期間の早いうちに歌集編纂を始めたのだとしうる可能性もわずかに残ることになる。そうすると、この期間における篤興の心理状況をどう見るかという問題は、これ以上は水掛け論となってゆく。したがって、ここでは、中心的な「はしかき」の問題に早く取りかかれるよう、周辺的課題である『木端集』という歌集名についての問題に考えを進めることにしたい。そして、もし、中心的な「はしかき」の問題を検討してみて、「はしかき」が「良寛の十八歳家出、足掛け五年間の行者説《あんじゃ》」の根拠たり得るとの結論に至ったときは、それと一体の問題として、もう一度篤興の心理状況に立ち戻るとともに、前述の『木端集』編纂時期についても考えなおすことにして、ここでいったん中止しておくこととしたい。

さて、「山人」の実像を頭に置いた篤興が、文政十年(一八二七。篤興に「山人」の意味が定着した年)七月から、住宅破壊のうえ追放された天保五年(一八三四)十月のまでの間、どんな経験をしたはずなのかを見てゆくと、その期間中の天保二年(一八三一)には良寛の葬儀、翌々天保四年(一八三三)には良寛三回忌と良寛墓碑造立があった。三回忌にも篤興が参列したことは木村家に短冊があることで証明される。この二度にわたって集まった人びとの語る良寛の生活状況を篤興が聞いた場合、その生活状況は、正に自分の知識の中の「山人」そっくりだ、と思うのではないか。そして、そこから、国学で言う「山人」に通ずる「篤興独自の良寛観」を自然と心中に醸成することになっていったのに違いない。良寛の外見は禅僧だったが、その存在の仕方は「山人」だったのだ、と。

良寛の実像についての認識がそのように傾いていった後の天保五年(一八三四)十月、篤興は住宅破壊、追放という苛酷な世間の仕打ちに見舞われ、良寛の生活状況とまったく同じに無一物となった。我が身一つで生きねばならなくなった篤興は、当然、次々降りかかる不幸と窮乏を嘆いて和歌を詠み、もっぱら我が非運を嘆いたが、そうしている自分と、無一物の実生活を自らに課して悠然と生きた良寛とを比べたとき、我が卑小さと良寛の偉大さの違いを、限りなく大きなものと意識したのではなかろうか。そして、良寛がそのように偉大で、かつ、「山人」でもあったなら、良寛の和歌には、必ずやその偉大な人の片鱗、「山人」としての片鱗が随所に見えるはず、と考えるのではなかろうか。厳しい非運の中に生きる篤興の心に国学者としての自負心がなお残っていたなら、かならずそう思うものだろう。そして、国学者の自分しか見出し得ない良寛の本当の姿を世にあらわすためにも、良寛の和歌集を作成しよう、と考えるのではないか。篤興はそんな経過をたどって、天保五年(一八三四)十月以降に良寛の和歌収集を始め、一定の収集範囲を終わった後、『木端集』として清書したのに違いない。

エ 『木端集』という名前

貞心尼の和歌に、

法師は木のはしのやうにおもはるるよと清少納言がいひへる事《つか》に付て
木のはしとおもはるるこそたふとけれ人をわたせるのりの師の身は
(相馬御風『良寛百考』収載「新に見出された貞心尼歌集『もしほくさ』」五五二頁。極楽寺蔵の原本を「木村秋雨君に乞うてその寫本を得」、それを活字化したもののうちの一首。傍記は引用者。「はし」は「端」と「橋」、「のり」は「法」と「乗り」の掛詞、「橋」と「わたす」、「乗る」は縁語。）

というものがあって、それは、堀桃坡氏『良寛と貞心尼の遺稿』（昭和三十七年〈一九六二〉、日本文芸社）によると、嘉永五年（一八五二。貞心尼五十五歳）から安政二年（一八五五。貞心尼五十八歳）までか、とされる和歌群中の一首である。

この作について貞心尼が詞書で言うところでは、単に『枕草子』第四段の「（世間の人が僧を）ただ木の端などのやうに思ひたるこそ、いといとほしけれ」から発した作ということになるのだが、文学少女だった貞心尼の常識には、当然、その詞書の背後に『徒然草』第一段の「法師ばかり羨ましからぬものはあらじ『人には木のはしのやうに思はるるよ』と清少納言が書けるも、げにさることぞかし」もあったはずで、そこから、僧侶は平安朝以降、ずっと人びとの無理解によってマイナス評価されてきた、との認識が貞心尼にあったと推測される。そのうえ、貞心尼自身のこととしても、尼僧としての今の自分に対する人びとの接し方は、武士の娘であった頃の世人の親しい接し方とは大いに異なっている、という実感がはっきりあったと思われる。また、貞心尼にとっては、世の人は誰も「美人なのに、何があって若い身空で出家したのか」と自分の過去を穿鑿したく思うらしい、そんな漠とした一種の被差別感もあって、僧に対する世人の無理解、マイナス評価は今も続いている、と常日頃感じていたのに違いない。

このように、世間に何百年も続き、現に自分も尼僧として受けているところの、僧侶に対する世人のある種のマイナス評価を、「木のはしと…」の作では大逆転させ、「（一般的に僧は）木のはしとおもはるるこそたふとけれ」と無理矢理プラス評価に持って行っている点こそ、この作の特徴ということになる。が、そこには、自分の実感ではなく、作者の作意が強く存在していて、

①　貞心尼は、なぜ、僧に対する昔からのマイナス評価や、自身の尼僧としての「漠とした一種の被差別実感」

から離れて、わざわざ自身に実感の無い、僧に関するプラス評価の和歌を詠んだのか。

という疑問を感じてしまう。それだけではなく、ここまでの「もしほくさ」はすべて自然を詠んだ和歌であるのに対し、

② この作だけは、詞書に「清少納言がいひへ《つカ》ることに付て」とし、まったく自分の教養から発した作となっているのはなぜか。

③ 唐突に、ほとんど一般論の形をとって人の師としての僧を詠むのはなぜか。

という疑問もある。前後が自然詠の続く中にあるこの異質の一首は、この和歌が作られるには、無理にもそれを詠まないではいられないような何らかのきっかけがあったことを示している。

さらに考えてみると、貞心尼が「師」という言葉を言い出すとき、自分を深いところにまで導いてくれた師・良寛から完全に離れて、「仏法での師というものは…」と一般論だけを言えるとは思えない。だから、後年の貞心尼が『はちすの露』を肌身離さず所持していたことで象徴されるように、良寛の導きと深く繋がって生きたのなら、「木のはしと…」の作は、その一般論としての「師」の裏で、色濃く我が師・良寛を言い出したものということになるはずで、そうすると、良寛の何かに繋がる詠と理解するのが正しいことにもなる。

貞心尼が自身の常識や実感として懐く僧のマイナス評価には触れずに、良寛の何かに繋がることについて無理矢理プラス評価する和歌を詠ずるには、良寛に関連して自分がマイナス評価をしてしまっていた、または、マイナス評価に導いた、という貞心尼自身の言動があり、その言行のその後の悪影響を、今、初めて知った、ということが無ければならない。そんな貞心尼の言行とはどんなことだろうか。

それを探るために「木のはしと…」の和歌の内容と良寛を結んでみると、

① 「良寛は木の端だ」と自分が言ったり、人に思わせたりしたこと。

②「良寛の作を木の端だ」と自分が言ったり、人に思わせたりしたこと。

という類のことが「木のはしと…」の詠より以前にあったはず、と想定される。ただ、『はちすの露』を肌身離さず所持していたほどの貞心尼が、師・良寛その人や良寛の詠を「木の端のようにつまらぬものだ」と言うことはあり得ぬことだから、そんな言行は無かっただろう。しかし、貞心尼が師を尊重するつもりで言った「木のはし」という言葉が、予想外にも、無知な他の人によってさげすむ方向の言葉として理解されてしまうことは、きっとあるに違いない。その一件を具体的に推測すれば次のようになろうか。

「木のはしと…」の詠が含まれたはずの嘉永五年(一八五二)から安政二年(一八五五)までの期間にその一件があったとすると、それは嘉永六年(一八五三)に執り行われたであろう良寛二十三回忌でのことだっただろうと想像される。その法要で、貞心尼の『はちすの露』から上杉篤興が編んだ『木端《きのはし》集』に話題が移り、集まっていた中には『木端《きのはし》集』の読み方を知らぬ者がいて「こっぱしゅう」と言ったり、「良寛様の和歌を木っ端《こっぱ》とはひどい」と言ったりする者もいたのではなかろうか。それを聞いた貞心尼が、帰庵後、「木のはしと…」の和歌を作ったのだとしたらどうだろうか。必ずや貞心尼は「弟子の自分が師・良寛をつまらぬ『木っ端《こっぱ》』と言った、と今日まで参会者に思われていたのか」とか、「自分が師の詠を『木っ端《こっぱ》』扱いした、と参会者に思われていたのか」とかと後悔したはずである。貞心尼にこの後悔があった場合にのみ、貞心尼が自身の常識や実感から離れて僧侶(直接的には師の良寛)に対するプラス評価の和歌を詠み、「僧は『木の端』と言われるが、それは『木の橋』に通じていて『人を渡す』意味があり、この世には尊い存在なのだ」と、「『木のはし』の意味の解説」と言うべきか「『木のはし』と言ったことの言い訳」と言うべきか、——そういうことをする必要が出てくる。もちろん、嘉永六年(一八五三)頃に貞心尼が自分の言った言葉『木のはし』の理解のされ方について後悔し、説明とか言い訳をしようとしたということは、『木端《きのはし》集』という良寛歌集の名前発案者は貞心尼だったということを意味する。

ここまで貞心尼の「木のはしと…」の和歌から時間軸を逆にたどってきて、貞心尼が『木端《きのはし》集』の名前の発案者に違いないと考えると、「木のはしと…」の和歌にあると記してきた①～③の疑問点はいずれも解消されて何の矛盾も無くなるのである。おそらく嘉永六年（一八五三）の良寛二十三回忌より遥かに前、上杉篤興が良寛歌集作成にかかっていた天保七年（一八三六）の由之三回忌あたりに、上杉篤興から「自分が作成した（または、作成しつつある）良寛和歌集の集名を由之さんに付けてもらおうと思っていたが、もはや、その願いはかなわなくなった」などと話が出され、それを受けて貞心尼から「清少納言の言葉があるから『木端《きのはし》』はどうか。『はし』を『橋』と見れば人を渡し続けた禅僧・良寛様に最もふさわしい。私も渡してもらった一人だ」などと話されたのではないか。

その提案『木端《きのはし》集』を聞いた篤興は、他に適当なものが思いつかぬまま、それを我が良寛歌集の集名としたのではないか。そして、「木《こ》っ端《ぱ》」に似る『木端《きのはし》集』にどこか腑に落ちぬ感を懐きながら、「無用の用に通ずるから良しとするか」ぐらいの乗らない気持ちでそのままにしておいたのではないか。したがって、それから時を経て「はしかき」を書く段に至っては、集名をいい加減に扱うことにもなるはずであって、「はしかき」の状況とも矛盾を来さない。つまり、「木端《きのはし》」が良寛の生き方を表す最も適切な集名として最初に発案したのは貞心尼、その勧めに従って集の名としたのは篤興、ということになる。

なお、上杉篤興本人がすべてを熟慮して百%自分で決めたと考えると、思いの丈を込めた集名を後には忘れて「端木」と書いてしまい、しかも集名誤記の「はしかき」を残しておく篤興の心理が、どうしても不可解なものとして残ってしまう。それゆえ、筆者は渡辺氏の篤興本人命名説には賛同できない。次に由之の命名を考えると、天保五年（一八三四）一月の由之の死去より篤興の良寛和歌集作成決意――私見では家屋破壊、追放となった天保五年（一八三四）十月以降のどこかの時点――は後のこととなるので、その成り立つ可能性はほぼ無いに等しいものとなろう。

オ　篤興が『木端集《きのはし》』に「はしかき」を添えた意図

良寛の和歌は、他の人の読みかけたのに応じて詠んだものか、自分の生き方の点検材料として、自分のために詠んだものか、のいずれかであって、そこには「我こそ歌人」という誇り高さや、国学で言う「山人」への願望も存在しない。したがって、篤興が一定範囲での良寛作品を収集し終わり、清書に際して全体を精読してみたとしても、「良寛の和歌には、必ずや偉大な存在である『山人』としての片鱗が随所に見えるはず」という所期の目論見《もくろみ》は完全にはずれたと想像される。誰しも目論見はずれになったものを大切にはしないから、作成した『木端集』は、そのまま放置されることになったに相違ない。

その目論見《もくろみ》はずれとなった歌集に新たに序文を付ける行為には、篤興が序文を書かないではいられなくなるような事実に出逢う必要がある。どんなきっかけがあれば篤興がそう思うか。それは、右にたどり着いていたところの、篤興の「国学で言う『山人』に通ずる『篤興独自の良寛観』」にははるかに及ばないと篤興が判断しそうな見解――ただ良寛をありがたがったり、単に俗人とする低俗な良寛観、または、僧侶としてのみ見る偏狭な良寛論など――が篤興の目に入った時ではなかろうか。「良寛はそんな人ではない」という、かなり激しい思いがあってはじめて、「はしかき」の持つ内容は書かれ得るものであろう。では、そのきっかけとなったのは何で、それは、天保五年(一八三四)十月以降の何時だったのか。

それについて、一歩踏み出して仮説的に言えば、篤興の『木端集《きのはし》』と同様の和歌集で、良寛概説文が冒頭にある『はちすの露』を見たときであろう。貞心尼はそこに「良寛禅師と聞えしは…」と書き出して「天保むつのとし五月ついたちの日に　貞心しるす」とし、その後に、本編としての良寛との唱和等を掲げていた。もちろん、貞心尼は、自身で良寛の指導を思い起こす縁《よすが》としてこの一書をまとめたのだったから、それを常に肌身離さず持ち歩いていた。したがって、然るべき機会に篤興から披見を願い出ることがあれば、見せてもらえたのではないか。また、貞心尼にとっては当然のことなのだが、その良寛概説文に記された良寛の姿は、仏教的側面、歌人的側面のみを重視したものだったのである。

その「然るべき機会」としては、天保八年(一八三七)の良寛七回忌時点が有力なのではなかろうか。堀桃坡氏『良寛と貞心尼の遺稿』の「甲子楼主人の採録し置かれた短歌」の条(二三四頁)に、

　人に別れし頃

わかれては立も帰らぬさす竹の君がかたみの我身かなしも

　かへし　　　　妙現

むらぎもの心は君にかけながら逢ふことかたき身をいかにせん

(この和歌贈答の前に、冬、「出雲崎妙現」の所に初めて行った貞心尼が、帰る際に妙現から泊まるよう勧める和歌を詠みかけられ、おそらく一泊した後、貞心尼が「またもとひこん」と言うと、「(春には)またも来て見よ」と妙現が答える、というひと続きの和歌のやり取りが記されている。このことは、右の「わかれては…」の場面より以前に、妙現からの呼びかけで二人は知り合いになっていたことを表わすものであろう。)

という記載がある。これは、貞心尼のいる場所に妙現、すなわち良寛の妹・みか子も来ていて貞心尼に挨拶し、その挨拶を受けた貞心尼が、言葉で挨拶を返すだけでは「良寛の弟子」としては不十分と思って、新たな和歌を詠む暇も無いまま、良寛示寂直後に我が悲しみを詠んだ「わかれては…」の作を急きょ妙現への挨拶の作として贈り、それに対して妙現が「むらぎもの…」の和歌を返しとした、という状況を表している。

貞心尼がかように妙現に対して鄭重に接し、しかも旧作を以てしてでも良寛示寂への悲しみを述べなければならな

い場面といえば、それは良寛を供養する法会の席であり、しかも、妙現が遺族の代表者と見られる時期でなければならない。すると、それは由之死去の天保五年(一八三四)以降のことになるはずである。この和歌贈答のあった時点についての論考には巡り会っていないが、それは、天保八年(一八三七)にはかならず行われたであろうところの、良寛七回忌の席が自然だろう。その席に上杉篤興もいたとすれば、『はちすの露』冒頭の良寛概説部分を見る機会となったはず、と思われる。――右の和歌贈答は天保十四年(一八四三)の良寛十三回忌の折、という見方も可能ではあるが、その席に上杉篤興もいて、『はちすの露』を見る機会となったはず、と想定すると、五十七歳で翌天保十五年(一八四四)八月六日に死去した篤興が、その前年は元気でいて他出可能だったのか、という問題が起こる。ただ、篤奥の死因が脳卒中のような急病だったなら、前年は元気なはずで、良寛十三回忌の折、と考えることは十分可能であろう。その場合、死去までの一年余の期間に「はしかき」は書かれたことになる。それでも説としては成立するが、「はしかき」と『木端集』歌集部分の筆跡がほとんど差異の無いことからすると、良寛七回忌から六年経過した死去の前年に『はちすの露』披見を想定するのは多少の困難があるように思う。――

この天保八年(一八三七)の良寛七回忌の日に、貞心尼『はちすの露』の冒頭部分を見る機会があったとすると、篤興自身が自ら「自分が本当の良寛の姿を描き伝えなければならない。その記述は国学者の自分にしかできないことだから、その真実相を書きおくのは、かならずや価値あることだ」と考え、「国学で言う『山人』に通ずる良寛」を「はしかき」に書いた、ということになる。

こう考えてくると、篤興が「はしかき」で書こうとした主題は、

A　狼《オホカミ》どもの夜もすがら守《マモ》らひ居《ヲ》りしを、さのみ恐《カシコ》しとも思ひ給はぬなり、

B　その住《スミ》給ふ五合庵は山深き所にしあれば、大蛇《オロチ》なす朽縄《クチナハ》どもの幾箇《イクツ》となく庵内《イホヌチ》に這入《ハイリ》をれど、禅師も蛇《ヘミ》も

また憚りげなかりき、

C　されば庵《イホ》りに在《イマ》す程は、山雀《ガラ》鷽《ウソ》 鶯《ウグヒス》 鵙《モズ》*5□《テラツヽキ》などの野鳥《ノトリ》山鳥《ヤマトリ》立こみ集、禅師の頭《カウベ》にとゞまり、もの書給《カキ》ふ腕《カヒナ》にたはふれ、筆にすがり、遊び居《ヰ》るを見るに、枯木死灰《ボクシクハイ》の心魂にあらずは、いかで此所《ココ》に至《イタ》らん、

という生活状況に見える良寛の超人間的な生きよう、すなわち、「山人」としての姿だった、ということになる。「はしかき」の終わりの方には、

D　出家捨身《シャシン》の目《ナ》、禅師において初《ハジメ》て見、恬淡虚無《テンタンキョブ》の辭《コトバ》、はじめて禅師に知る、

とあって、篤興の知ったこととして「出家捨身《シャシン》の目《ナ》」と「恬淡虚無《テンタンキョブ》の辭《コトバ》」との二つが上げてある。そのうちの前者はA、B、Cに結び付く生きようを言っているが、後者に相当するものは「はしかき」中には存在しない。この「恬淡《テンタン》虚無《キョブ》の辭《コトバ》」は、「はしかき」執筆時点での篤興からすれば、歌集部分そのものの中にある、というつもりだったのだろう。そうだとすると、その「恬淡虚無《テンタンキョブ》の辭《コトバ》」という「国学的知識、見方に無いもの」は、歌集編成作業によって自然と自分が良寛に関して知ったこと、ということになる。

良寛歌集の作成から「はしかき」の書き加えへの篤興の心理的経過は、歌集部分の冒頭にある「木端集」の文字がほぼ楷書であるのに対して、「はしかき」の上部にある「端木集《ママ》」の文字はほぼ草書だ、という違いにも表れていると言える。歌集編成を気負いこんで始めていって、ある程度の作品数を集めてみても、A、B、Cに相当する生活状況を詠んだ作は一首も存在せず、見事に目論見《もくろみ》のはずれた篤興は、しばらく歌集編成を放棄し、「他人の発案を元として深い納得もないままに付けた集の名などは、もうどうでも良い」と思う程に長期間うち捨てておいた後に、今度

は「はしかき」を書く気になったのはいいが、文の中味が心を占める篤興は、「木端集」と書くつもりがつい「端書《はしがき》」の「端」の字に引かれてうっかり「端」と書きだし、「端木集」だったかも…程度に思って「はしかき」へと続けていったのだろう。こうした文字の扱いは、強固な「良寛＝山人」意識に押し負かされた注意力の姿だろう。浮ついた注意力で書いてしまったものを新しく書き直していないという事実を以てしても、もはや篤興にとって良寛歌集自体の持つ意味合いがかなり薄れてしまった後のこととも推測される。もちろん、その当時、篤興の中には、なお「自分は師・篤胤直系の国学者で、自分の国学者としての知識、見方は正しいものだ」という自負の念に色濃いものがあり、「北越国学棟梁」として良寛を正しく評価しておきたい、という思いが湧いていた可能性が高い。「はしかき」末尾が「狼蛇《オホカミヘミ》のわりなく友なひ、野山の鳥どもの露懼《ツユヲソ》れざることをば何とか云《イ》はん、」で終わっているのは、そのことの表れに違いない。その独自の良寛評価を、「はしかき」によって後の世に残し示す意図があったのだろう。

　こう考えてくると篤興の「はしかき」の主題は良寛の後半生の山人に等しい姿を言うにあったのであり、それ以前の修業時代に関しては、山人同様、禅修行も遠きを厭わずに遍参することにあるはず、という程度の浅い認識から、良寛の前半生にあったはずの「山人・良寛」に繋がる修行すべてを概括的に言うつもりで「あるは山に籠《コモ》り、あるは荒磯《アリソ》にあくがれ、四方八方《ヨモヤモ》の国を修行《スガウ》しありき」とした、と推測される。良寛＝山人という篤興の思いからすれば、この表現は禅修行を言うと理解するのは誤りで、「山人への修行」を言うつもりだったのではないか。

　これまで見てきたような篤興の姿勢なら、友人の一人として扱われている良寛が、自分から國仙に就くまでのことや國仙門下での修業について、話す必要など感じなかっただろう。したがって、篤興は修行時期の良寛に関しては直接聞くところは無かったはずである。そして、良寛の示寂後に友人・由之に尋ねたとしても、ほとんど家にいなかった兄・良寛の動きや心理を由之が知るはずもないし、由之死去（天保五年〈一八三四〉）後に至っては、證聴や遍澄の書き残したものに良寛の修行に関する具体的記述が無いことからみても、良寛の修行時代のことを良寛本人から聞いて知っていた者は誰もいなかったはずである。だから、篤興が良寛の修行時代のことを書こうとすれば、一般論として、おおざっぱな想定を以て書く以外には方法が無かったであろうと考えられる。篤興が「はしかき」一～二行目において、良寛は出雲崎橘屋の出であることを言った後、すぐに続けて「いと幼《オサナ》き時《ヲリ》より思ひ入《イ》り給へることの有て、まだ初冠《ウヒカフム》りにもたらで、頭そりこぼち、そこはかとなく家を出《イデ》、あるは山に籠《コモ》り、あるは荒磯《アリソ》にあくがれ、四方八方《ヨモヤモ》の国を修行《スガウ》しありき、年五十《トシイソヂ》ばかりにて、同国《オナジクニ》国上《クガミ》山の五合庵に…」（傍線は引用者）と言っているのは、そもそもその表れであろう。このうち、傍線Aが證聽「良寛禅師碑銘并序」の「夙《はやく》に根ざす所に因《よ》り、自ら出塵《しゅつじん》の志を懐《いだ》く」（原漢文）と同内容、傍線Bが大関文仲「良寛禅師傳」の「齡《よわい》いまだ弱冠《じゃっかん》ならず、薙髪《ちはつ》して家を出《い》づ」（原漢文）と同内容であって、この二つを結びつけたような文章構成になっていることが、「はしかき」前半部分が良寛からの直接的聞き取りでないことを自ずと証明している。なお、貞心尼『はちすの露』冒頭の良寛概説文にも、良寛のこの時期のことは書かれていない。

カ 『木端集』「はしかき」を根拠とした「良寛得度前における行者《あんじゃ》修行説」の正否

ここまでに、上杉篤興編『木端集』とその「はしかき」については、

① 上杉篤興による『木端集』編纂は、良寛示寂後の天保五年（一八三四）十月以降、「はしかき」執筆は天保八年（一八三七）の良寛七回忌以降と考えるのが一番自然である。

② 『木端集』「はしかき」に、篤興が生前の良寛から聞いて書いたとみられるような事実は何も含まれていない。

③ その「はしかき」の良寛に関する記述内容は、平田篤胤の「仙境異聞」上巻中の山人に関する記述内容に近い。

④ 右のことから導かれることは、篤興の「はしかき」記述の意図は、一面には常識的な仏道修行のあり方を含

めつつも、自身の得た山人修行の知識を強く前に押し出して良寛の修行姿とし、並はずれた気迫を心の奥に秘めて生きていた良寛の偉大さを言おうとしたものだ。

の四項目が明らかとなった。

したがって、良寛と同時代を生きた上杉篤興の書いた『木端集』「はしかき」とはいえ、良寛からの聞き取りや周囲の証言によって記しているものではないので、そこに書かれていることを根拠として良寛の行動を記述しても、それは良寛の新事実とは言えない。無意味な空論ということになる。それにもかかわらず、高橋氏がこの「はしかき」を「良寛得度前における行者《あんじゃ》修行説」の根拠にしてしまったのは、もっぱら伝記素材の扱いをいい加減にした上杉篤興に責任がある。

なぜそう言えるかというと、篤興は證聴や大関文仲を訪ねて二人の見聞を聞いたものか、「良寛禅師碑銘并序」「良寛禅師傳」を読んだだけだったのかは分からないが、記述のポイントは偶然とは言えないほどに共通している。すなわち、良寛のこの時期(その前後も含めて)のことについて證聴が「良寛禅師碑銘并序」で言っていることは、

ア　幼い時分から出家の志があった。

イ　安永八年(一七七九)、二十二歳の時にたまたま國仙の行化《ぎょうげ》を受けた。

の順に、その二点のみである。一方、大関文仲が「良寛禅師傳」で言っていることは、ア、イとは別の、

ウ　二十歳前に自分で髪を切って家を出たことがあった。

エ　良寛は「自分は参禅して後に僧となった」と言った。

オ　後に国上山の庵に住んで粗末な生活をした。

の三点で、その順番に記されている。何らかの方法でこれらの五点を知った篤興は、アとウを繋ぎ、その後、ウとオの間がエによって明らかに断ち切られているのを無視して、ウからいきなりオに向かい、「山人」への一般的修行法

を自分の考え方と言葉で言い出して直結させてしまったのである。繰り返して言えば、「薙髪《ちはつ》して家を出《い》づ」を、文章を終わらせないままに、直接、山人への一般的修行の仕方を言う「あるは山に籠《コモ》り、あるは荒磯《アリソ》にあくがれ、四方《ヨモ》八方《ヤモ》の国を修行《スガウ》しありき、」に続けたために、高橋氏の誤解を招いたのである。高橋氏が『良寛伝記考説』において、文仲の「良寛禅師傳」を用いて論をなす一方で、この「良寛得度前における行者《あんじゃ》修行説」の箇所だけは、文章の終止している「良寛禅師傳」の「薙髪《ちはつ》して家を出《い》づ」を論拠とはされず、同内容ではあるが次に文章が続いてゆく篤興記述文の「頭そりこぼち、そこはかとなく家を出《イデ》、あるは山に籠《コモ》り、あるは…」を論拠とされるのは、篤興の文章表現のいい加減さが高橋氏に誤解を懐かせた、ということを示している。

　そのような「はしかき」冒頭五行における篤興のねらいや執筆態度、見る者の誤解を呼ぶ文章の安易さを考えてみると、高橋氏が『良寛伝記考説』四五頁に断定的に記された次の三箇所、

①　初冠は二十歳だから「[1]まだ初冠りにも足らで」は[2]十八歳をさしていると思われる。（四五頁二〜三行目）

②　自ら剃髪の後に「家を出」ていることに注意すべきだろう。そうだとすると、「そこはかとなく家を出」とはどういうことなのだろうか。「そこはかとなく」は原因、場所、事物、理由などすべてが不明瞭で、どこということもない状態をいうから、[3]はっきりした目的や行き場所もなく、ただわけもなく家を飛び出したことになる。上杉篤興はそのときの栄蔵少年の行動をそう証言するのである。[4]必死の思いで家を飛び出した栄蔵の思いがこちらに伝わってくるようだ。（四五頁五〜九行目）

③　（②を踏まえたかたちで、大関）文仲の「[5]齢いまだ弱冠（二十歳）ならず」とあるのは、先程の篤興と同じく十八歳を指している。（四五頁一五行目）

という判断の仕方は、篤興が『木端集』「はしかき」をいい加減に書いたことが導いたものだった、と言える。

特に、この三箇所の考えを成り立たせているところの一番の大もとには、篤興が書き込んだ「そこはかとなく」という語があって、この語の持つ特性が、既に篤興に誤解させられてしまって出発した高橋氏の論理（その論理展開の明晰性においては何の問題も認められない）に悪影響を及ぼしてしまったらしい。

おそらく高橋氏は、この語があるから、「はっきりした目的や行き場所もなく、ただわけもなく家を飛び出したことになる」（傍線部3）とされるのであり、「家を飛び出した」（傍線部4）のなら、それは「十八歳をさしていると思われる」（傍線部2）。また、その年齢なら「まだ初冠りにも足らで」（傍線部1）にも「齢いまだ弱冠（二十歳）ならず」（傍線部5）にも合致する、と考えられたのであろう。

そもそも「そこはかとなし」という語は、

a　風涼しくて、そこはかとなき虫の声々聞こえ（源氏物語・帚木）

b　ただそこはかとなう繁れる蔭どもなまめかしきに（源氏物語・明石）

のように「Ⅰ外から見て、その深い奥の様子は分からず、何ということもないように見えている」場合と、

c　おどろおどろしきさまにはあらず、そこはかとなくわづらひて、月日を過ごし給ふ（源氏物語・葵）

d　心にうつりゆくよしなしごとを、そこはかとなくかきつくれば（徒然草・序）

のように「Ⅱその状況における主体の人物が、自分で自覚しているはっきりした何かがない（「とりとめもない」に相当）」場合との二とおりの用法がある。その用法に照らすと、通説に言う、十八歳で「家を飛び出し」（『良寛伝記考説』四五頁）、「はっきりした目的や行き場所もなく、ただわけもなく家を飛び出したことになる」（同書四五頁）、その当座は「探索の手を逃れて」（同書五〇頁）「一大決心のもとに」（同書五〇頁）「津川を過ぎ鳥井峠を越えて越後の国を出」（同書五〇頁）「諸国を放浪して参禅修行した」（同書四七頁）という状況は、最終目的地だけは定まっていない

ものの、榮蔵自身の中には、遊行しつつ修行しようとする強い意志も、実行しないでは済まさないという余人には無い迫力も、生死に関わる困難にも必ず耐えてみせるという固い決意もはっきりあったはずであって、Ⅱの「その状況における主体の人物が、自分で自覚しているはっきりした何かがない」には該当しない。

また、そのような行動をする榮蔵が本当にいたとすれば、その行動は、第三者が見ると必ずや浮浪者とは異なるはずで、第三者が見て、「すごい精神力の持ち主だ」と分からぬ訳もない。したがって、Ⅰの場合にも相当しない。つまり、右の榮蔵の行いを「そこはかとなし」の語で表現するのは、どうみても差異があってそぐわないことになる。それにもかかわらず、高橋氏が榮蔵にその行動を想定することになったのは、若い時代の良寛の禅修行については何一つ分からぬ篤興が、逃げを打って「そこはかとなく」と記していたからなのに違いない。

以上から考えると、伝記素材の連結の仕方を誤った上杉篤興の杜撰《ずさん》さと、篤興が不明の点を触れずに通過するために用いた「そこはかとなし」の語の不明瞭性との二つによって、高橋氏は「良寛得度前における行者《あんじゃ》修行説」へと論を展開してしまったのであって、この説は誤解させられた結果の空論ということになる。よって、榮蔵十七歳以降、二十二歳で圓通寺に赴くまでの数年間については、「行者」とは別の榮藏の実像があるはず、ということになる。

なお、ここまでで『木端集』「はしかき」に良寛の伝記に関する資料性は無いと判明し、それに基づく「良寛得度前における行者《あんじゃ》修行説」も誤認による意味無きものと分かった。したがって、もはや、前に残してきた『木端集』は良寛の生前に編まれた可能性があるかどうか」「集名は良寛が付けたものかどうか」という問題を、以下に突き詰めて再検討する必要は無かろうと思う。

二　良寛が漢詩に用いた「小」、「少」、「壮」について

高橋庄次氏は良寛が漢詩に言う「少小」と「少年」には差異があると見抜かれ、『良寛伝記考説』(一九九八年、春秋社)中に、「少小」は「良寛が十三歳から十八歳までの三峰館時代」(同書四七頁)、その後の「十八歳からの『少年』の時期に諸国を放浪して参禅修行した」(同)と記述された。

高橋氏の「良寛得度前における行者《あんじや》修行説」をたどる形で良寛の動きを考えられた冨澤信明氏は、「少小」と「少年」に関して「三峰館で学んでいた頃は『少小』であり、十五歳の元服から出家するまでは『少年』である」(「少年栄蔵　三峰館から円通寺へ」〈全国良寛会会報『良寛だより』第一二〇号、二〇〇八・四・一付〉とされた。冨澤氏は、高橋説よりも江戸期の人びとの持っていた客観的基準を提示するという意味合いだったのだろうか、元服の年齢をその境界とされた(ただ、そうされた根拠は示しておられない)。

しかし、前項で「良寛得度前における行者《あんじや》修行説」は成立しないと判明したのだから、その説を考察のポイントから除外して「少小」と「少年」との違いを考え直す必要が出てきたし、江戸期において元服以後の若い年代の者を「少年」と言ったかどうかを確かめる必要もある。特に、良寛の漢詩中に出る「少小」や「少年」の語は、後年の良寛が、若かった時代の自分の姿を振り返って表現したものだから、良寛が若かった自分をどう思っているのかということを探りなおす必要もあろう。そこで、以下に、良寛の「少小」、「少年」、「少壮」等の語の表すものについて探っ

てゆきたい。

まず、「少年」「美少年」「少年子」の語を含む漢詩を、谷川敏朗氏編著『良寛全詩集』(平成十年〈一九九八〉、春秋社)からすべて抜き出してみる(各漢詩には①〜⑨の番号を付し、下段には、谷川氏が付した当該箇所についての脚注、または脚注記入の状況を記す。なお、①〜⑨の後に、「少壮(少荘)」を含む漢詩⑩〜⑫を掲出してあるが、これも同書からの引用で、引用の仕方も①〜⑨と同一である。漢詩中の「少年」「少壮(少荘)」はゴチック体)。

①
可憐美**少年**《あわれむべしびしようねん》
神姿《しんし》何雍容《なんぞようようたる》
手把白玉鞭《てにはくぎよくのむちをとり》
馳馬垂楊中《うまをはすすいようのうち》
楼上誰家女《ろうじようたがやのじよぞ》
鳴 箏当綺窓《ことをならしてきそうにあたる》
遥 見飛紅塵《はるかにみるこうじんをとばし》
聯 翩向新豊《れんぺんとしてしんぽうにむかうを》(一〇八)

(解説文では、「この美少年は古代中国の若者が擬せられている。『寒山詩集』には、類似の語句が多い。」として「好丈夫」「雍容美少年」「垂柳」をひいているが、「少年」のさす年齢についての注記は無い。)

②
尋思**少 年**日《じんしすしようねんのひ》
不知有吁嗟《うさあるをしらず》
好 著黄鵞衫《このんでこうがのさんをき》
能騎白鼻騧《よくはくびのかにのる》

(解説文では、「この詩には、『寒山詩集』が多大の影響を及ぼしている。同集には「尋思少年日〈以下略〉」「薫郎年少時〈以下略〉」とある。」とあるが、「少年」のさす年齢についての注記は無い。)

二　良寛が漢詩に用いた「小」、「少」、「壮」について

朝　買新豊酒《あしたにはしんぽうのさけをかい》
暮　看杜陵花《くれにはとりようのはなをみる》
帰来　知　何　処《かえりきたるはしらんいずれのところぞ》
直　指莫　愁家《ただちにゆびさすばくしゅうのいえ》（一〇九）

③

金羈游俠子《きんきのゆうきょうし》
志気《しき》何揚揚《なんぞようようたる》
維　馬垂楊下《うまをつなぐすいようのもと》
結　客少年場《きゃくとちぎるしょうねんのじょう》
一朝千金尽《いっちょうせんきんつくれば》
轗軻誰看傷《かんかたれかみるをいたまん》
帰来問旧閭《きらいしてきゅうりょをとえば》
歳　寒《さいかんにして》四壁《しへき》荒《あれたり》（一二〇）

（解説文では、『金羈游俠子』は『寒山詩集』の『金羈逐俠客〈以下略〉』によっている。」とあるが、「少年」のさす年齢についての注記は無い。）

④

人生浮世間《ひとのふせいのかんにいくるや》
忽　如陌上塵《たちまちはくじょうのちりのごとし》
朝　為少年子《あしたにはしょうねんのしたるも》
薄暮作霜鬢《はくぼにはそうびんとなる》
都為　心　不了《すべてこころのりょうせざるがために》

（解説文では、『人生』については古来から詩に多い。〈中略〉阮籍に『朝為美少年、夕暮成醜老』〈ここに記された他の語の用例を省略〉があり、〇〇〈ここに記された書籍名を省略〉にも類似の語句がある。」とあるが、「少年」のさす年齢についての注記は無い。）

永劫枉 苦辛《えいごうまげてくしんす》
為問三界子《ためにとうさんがいのし》
何以為去津《なにをもってきよしんとなすや》（一四七）

⑤
平生少年時《へいぜいしょうねんのとき》
遨 遊逐繁華《ごうゆうしてはんかをおう》
能著嫩鵝衫《よくどんがのさんをき》
好 騎白鼻騧《このんではくびのかにのる》
朝 過新豊市《あしたにはしんぽうのいちをすぎ》
暮 酔河陽花《くれにはかようのはなによう》
帰 来 知何処《かえりきたるはしらんいずれのところぞ》
笑 指 莫 愁家《わらってゆびさすばくしゅうのいえ》（二九四）

（解説文も含めて、「少年」のさす年齢についての注記は無い。）

⑥
少年捨 父走他国《しょうねんちちをすててたこくにはしり》
辛苦画 虎 猫不成《しんくとらをえがいてねこにもならず》
有人若問箇中意《ひとありもしこちゅうのいをとわば》
只是従 来栄蔵生《ただこれじゅうらいのえいぞうせい》（三一五）

（解説文で「良寛は十八歳で髪を切り、二十二歳で得度して倉敷市玉島の円通寺におもむいた。」とするのみで、「少年」のさす年齢についての注記は無い。）

⑦
少 小学 文 懶 為 儒《しょうしょうぶんをまなびてじゅとなるにものうく》

〔少小〕幼い。わかい。

少年参禅不伝燈《しょうねんぜんにさんじてとうをつたえず》
今結草庵為宮守《いまそうあんをむすんでみやもりとなり》
半似社人半似僧《なかばしゃじんににかなかばそうににる》（三三一）

〔少年〕わか者。

⑧
一思少年時《いつにおもうしょうねんのとき》
読書在空堂《しょをよんでくうどうにあり》
燈火数添油《とうかしばしばあぶらをそうれども》
未厭冬夜長《いまだいとわずとうやのながきを》（三六三。転句中「添」読みを下二段活用に変更）

〔少年〕わかもの。「少」は種々の説があり、三十歳、二十四歳、二十歳、十八歳までなど。
（解説文の末尾に「なお、一句は『寒山詩集』の『憶昔少年時』によるだろう。」とある。）

⑨
宮門新雪朝《きゅうもんしんせつのあした》
千樹似春還《せんじゅはるのかえるににたり》
誰家少年子《たがやのしょうねんし》
等閒打狂顚《とうかんにきょうてんをだす》（三七八）

（解説文も含めて、「少年」のさす年齢についての注記は無い。）

これらの漢詩中に良寛が使用している「少年」というのは、次の五種類に分類される。

ア　地蔵堂に止宿して三峰館に通い、放蕩することもあった安永三年（一七七四。良寛十七歳）晩秋頃までの自分
（①②③⑤の漢詩）

イ　妻帯して名主見習いの立場となった安永三年(一七七四。良寛十七歳)晩秋以降、自ら髪を下ろした安永五年(一七七六。良寛十九歳)晩秋を経て、國仙に就いて得度した安永八年(一七七九。良寛二十二歳)までの自分(⑥⑦の漢詩)

ウ　ア、イ全体を指すところの、まだ若かった頃の自分(⑧の漢詩)

エ　老年期に対する用法で、広い意味で若い頃の自分(④の漢詩)

オ　他家の子供(⑨の漢詩)

このうち、⑦には「少年」とともに「少小」の語も使用されている。そこから、「少小」は、得度前後に相当する用法の「少年」よりもさらに前、三峰館塾生時代を指すものであることが分かる。すると、無反省に良きも悪しきもしてしまっていた年代(若気の至りと言われるようなことをしでかしやすい年代)を「少小」と言った、とまず理解される。良寛の常識には、少なくとも「大学」の語句「小人閑居して不善を為す」があったはずだから、「小」には若いことの他に「不善を為す者」のイメージが強かったに違いなく、無反省で何でもしでかしたかどうか、ということの方が大きなポイントだっただろうと推測される。そこから、若くて無反省だった時代は「少にして小」、つまり「少小」が適切――これが良寛の考えだったかと思われる。

では、「少年」の方はどうか。これについても金言のような漢詩「少年老い易く学成り難し…」(朱熹「偶成」)を知っていたはずで、その中の「少年」は学に志す若者を言っているのだから、ウ、エ、オのごとく広い意味での若い時分を言うことの他に、良寛がイの時期で、「未熟ではあっても、世に生きる者としての自覚が芽生え、自分の将来を考えるようにもなってきてからの若い自分」を意識し、それを「少小」と区別して「少年」と言い出すことは自然なことと判断される。しかし、良寛は時にはもっと自分のあり方の未熟さに厳しい判断を下すことがあった可能性もあるが、このことについては後に触れる。

次には、「少壮」の出てくる漢詩を見ることにしよう。

⑩

珊瑚生南海《さんごはなんかいにしようじ》
紫芝《しし》は秀北山《ほくざんにひいず》
物固有所然《ものもとよりしかるところあり》
古来非今年《こらいよりしこんねんよりするにあらず》
伊昔《むかし》少荘時《しようそうのとき》
飛錫千里游《しやくをとばしてせんりにあそぶ》
頗叩古老門《すこぶるころうのもんをたたき》
周旋凡幾秋《しゆうせんすることおよそいくしゆうぞ》
所期在弘通《きするところはぐずうにあり》
誰惜浮漚身《たれかおしまんふおうのみ》
歳不与我共《としはわれとともにせず》
已矣復何陳《やんぬるかなまたなにをかのべん》
帰来絶巘下《かえりきたるぜつけんのもと》
采蕨供昏晨《わらびをとりてこんしんにきようするのみ》。（九四。最終句の読みに「のみ」を加えた）

〔少荘〕年が若いこと。二、三十歳のころ。「少」は男子の十七歳から二十四歳まで、女子の十五歳から二十一歳まで。「荘」は「壮」に同じ。

〈冨澤信明氏「壮年良寛　円通寺入山から五合庵定住まで」〈全国良寛会会報『良寛だより』第一二一号《二〇〇八・七・一付》には、この詩中、『草堂集貫華』には「少年」、『草堂詩集』人巻には「少荘」とあることについて、「良寛詩が『伊昔少壮時』と言う『少年』とは、十五歳の元服から二十二歳の出家までであり、『壮年』とは出家後、五合庵に定住した四十歳初老の前年までと考えられる」とされる。〉

⑪

無常信迅速《むじようまことにじんそく》

刹那刹那移《せつなせつなにうつる》
紅顔難長保《こうがんとこしえにたもちがたく》
玄髪変為糸《げんぱつへんじていととなる》
張弓脊梁骨《ゆみをはるせきりようのほね》
畳波醜面皮《なみをたたむしゆうめんのかわ》
耳蟬竟夜鳴《じぜんきようやなり》
眼華終日飛《がんかしゆうじつとぶ》
起居長歎息《ききよながくたんそくし》
依稀倚杖之《いきとしてつえによつてゆく》
常憶少壮楽《つねにおもうしようそうのたのしみ》
兼添今日羅《またそうこんにちのうれい》
痛哉惆老客《いたましきかなおいをいたむのきやく》
若彼霜下枝《かのそうかのえだのごとし》
受生三界者《せいをさんがいにうくるもの》
誰人不到斯《たれかここにいたらざらん》
念念無暫止《ねんねんしばらくもとどまることなく》
少壮能幾時《しようそうよくいくときぞ》
四大日日衰《しだいひびにおとろえ》
心身夜夜疲《しんしんよよにつかる》

（解説文に「良寛は『少壮能幾時』と述べている。これは漢の武帝の『〈略〉、少壮幾時兮奈老何』によったものであろう。」とあるが、「少壮」のさす年齢についての注記は無い。）

一朝就病臥《いつちようやまいについてふせば》
枕衾無長離《ちんきんながくはなるるなし》（以下略。二〇一）

⑫
憶昔少荘日《おもうむかししようそうのひ》
携瓶渡諸州《びようをたずさえてしよしゆうをわたる》
朝登千仞岡《あしたにせんじんのおかをのぼり》
暮凌《くれにしのぐ》（二六四。結句後半の三文字は欠落。）

〔少荘〕若く盛んなこと。「荘」は「壮」に同じ。

⑩から⑫のうち、⑩の第五句の「伊昔少荘時」は、『草堂集貫華』には「少年」、『草堂詩集』人巻には「少荘」とする。これはおそらく、その後の三句「飛錫千里游　頗叩古老門　周旋凡幾秋」の表す自分の行動が、イで言う得度に始まるところから、初めは「少年」としており、後になってからは、圓通寺修行中から五師参見、さらにその他の行脚までも含めた年月の我が有りようを表すものとして、「少壮」と自身で把握し直したことを表す変更だろう。そこには引用書籍の編者・谷川氏が脚注で触れているように、陶淵明の詩句の影響があるのかも知れぬが、それは語句使用のきっかけのみのことであって、「人の生けるや直し」に生きた良寛が自分の真の姿に最適な語の使用を心がけた結果だったのに違いない。⑫もまた同様の用法と言える。⑪は自身の過去を見る個人的見方を離れて、自身の衰えてゆく我が身の実感、見聞した老、病、死の姿――それらと対置されるところの若く盛んな様子を、きわめて客観的に「少壮」と表現しているのである。ただ、「少壮」に関するこれらいずれの用法も、その表す内容は、具体的な事実や年齢を意味しているのではないようである。――それにもかかわらず、漢詩引用書籍の著者・谷川氏が、⑩で具体的年齢を脚注に記しているのは、高橋氏の説に見られる厳密化という長所に従って、自らその方向に踏み出した結

果かと思われる。――

良寛が自身の人生に関して「少壮」と表現した例が少ないこともあり、それが自身のどんな有りようを言うのか、はっきりしない。この不明瞭さを解消してゆくためにはどうすべきか。

まず、筆者が偏った、我田引水的判断をしないためにも、「少壮」を初めとして、「少小」「少年」も併せた三語について、平均的な語感覚を持たねばならないだろう。また、その平均的感覚はどのような経過で形成されたのかについても、明治以降の主要な辞書で確かめておく必要があろう。

そこで、現代の辞書としてA『日本国語大辞典』（日本大辞典刊行会編、昭和四十七〈一九七二〉～五十一年〈一九七六〉、小学館）、それを遡る四十年のB『大言海』（大槻文彦著、昭和七〈一九三二〉～十二年〈一九三七〉、冨山房）、さらにそれより十五年余先行するC『大日本国語辞典』（上田萬年・松井簡治著、大正四〈一九一五〉～八年〈一九一九〉、冨山房・金港堂）の載せている三語の説明を左に書き出してみる（Cの「昭和十四年九月」付の修訂版序文において著者・松井の記すところでは、Cの稿本は明治末年までに松井が独力でまとめたものであり、Bは大正に入ってから、大槻がそれまでの『言海』を基にして新たに編纂したものという。大槻編纂の『言海』〈明治十九年《一八八六》に稿本完成〉には「少小」「少壮」の項目は無い。なお、ここでは、少年法等に定める規定としての年齢記載を除外。各語の説明の掲出順は、新しい辞書から古い辞書へ、A→B→Cと配列）。

「少小」

A　①1年わかいこと。（漢語の用例を省略）

B　①〔老大ニ對ス〕年齢ノ、若キコト。年少。（漢文の用例を省略）

C　①年わかきこと。年少。（老大の對）（漢語の用例を省略）

「少年」

Ａ　①年の少ないこと。また、その人。年若い者。若人。男女ともにいうが、現在ではふつう、小学、中学ごろの男子にいう。（古語の用例を省略）

②年若い時。少年時代。（漢語の用例を省略）

Ｂ　①ワカモノ。ワカウド。ワカテ。（古語、漢文の用例を省略）

②（Ａ、Ｃに載るところの、②の意味に該当する項目は無し）

Ｃ　①年若き者。弱年もの。わかもの。わかうど。（古語、漢文の用例を省略）

②年若き時。（漢文の用例を省略）

「少壮」

Ａ　①・年の若いこと。一般的には二〇歳から三〇歳ぐらいまでの年齢にいう。また、年が若く元気なこと。また、そのさま。（古辞書、和漢文、鷗外の小説、漢文の用例を省略）

Ｂ　①トシワカ。二十歳前後ノ稱。（漢文の用例を省略）

Ｃ　①年わかきこと。殊に二十歳前後の稱。壮年。（漢文の用例を省略）

この辞書の記述から分かることは、「少小」「少年」の二語はもちろんのこと、現在の辞書で年齢を出してきて解説している「少壮」の語も、解説の内容自体が「年の若いこと」を言っているのだから、現在では「ほぼ二十歳前後から三十歳前後まで」という漠然とした年齢範囲の理解で良いことになり、その年齢範囲の若者が元気であれば、それが「少壮」だ、ということになる。そうすると、どの語も「何歳から何歳までがこれこれだ」というはっきりしたものがあるわけではない、ということになる。右の掲出範囲で特徴的なのは、「少壮」に関してＢ『大言海』とＣ『大日本国語辞典』が「二十歳前後」と年齢的にかなり絞り込んで記していることである。このうち、Bがそうなったのは、大槻の「少壮」採録が『大言海』編纂時点からで、おそらく先行のCを参照しつつ作業を進めたためであり、Cがそうなっているのは、日本がますますの富国強兵を目指した明治期後半、男子二十歳で厳格な徴兵検査があって、そのことが人びとの心に「少壮」と「男子二十歳」を結びつけるように作用したからだ、と考えられる。

では、もっと遡った江戸期はどうだったのか。享保二年(一七一七)刊でその後も版を重ねた『和漢音釈書言字考節用集』(この辞書を良寛が見ていた証拠については『良寛の探究』二七五〜二七六頁を参照。この辞書の通称は『書言字考』)記載の「少小」「少年」「少壮」関連箇所を抜き出して、その文字をゴチック体で記すと、

1 「少小」の関連箇所
若《ワカシ》 稚《同》 嫩《同》(割注を省略) **少**《同》(巻八、三十丁表)

2 「少年」の関連箇所
小字《ヲサナナ》 ―兒《ヲサナゴ》 幼稚《ヲサアイ》(引用者注…「ヲサアイ」は「ヲサナイ」の誤記か。割注を省略) **少年**《同》(巻四、十一丁表)

3 「少壮」の関連箇所
a **壮**士《ワカサフラヒ》 ―者《ワカモノ》(巻四、十二丁表)
b 丁**壮**《テイサウ》《唐志》男子二十曰《ヲ》レ丁《ト》《白虎通》丁者《ハ》壮也《曲禮》三十曰《ヲ》レ壮《ト》 註《ニ》氣力浸強之名(以下略。巻四、四十一丁表)
c 健《スクヤカ》 佶《同》(割注を省略) **壮**《同》《文選》(巻九、六十一丁表。b、cの引用での《》内の文字は、四角の枠入り。これと小字の漢文は二行の割注である)

となる。これを見ると、良寛使用のこれらの語のうち、江戸期後半の人・良寛の用法として注意しなければならない

のは「少年」の語だ、ということになる。前にイの項目として記したところの、妻帯して名主見習いの立場となった安永三年(一七七四。良寛十七歳)晩秋以降、自ら髪を下ろした安永五年(一七七六。良寛十九歳)晩秋までの期間の自分を、後の良寛がどう見ていたか、ということに関わるからである。前に「良寛がイの時期で、『未熟ではあっても、世に生きる者としての自覚が芽生え、自分の将来を考えるようにもなってきてからの若い自分』を意識し」て「少年」と言った、と述べてきたが、特に、その期間内にしでかしたマイナス評価となる自分の履歴(離婚や名主職を見習う中でのいろいろな失敗、その挙げ句の浪費等)にはっきりと目が行った時には、まだ自分の根底にあった未熟さ、幼さが強烈に認識されたのではなかったかと想像される。そんな時には、『書言字考』も言う「ヲサナイ」意の「少年」の語で、良寛がそのことを表現した可能性がある。例えば⑥の漢詩の起句で「少年《しょうねん》捨父《ちちをすてて》走他国《たこくにはしり》」と言った、その「捨父《ちちをすてて》」の言い方からもそう判断される。我が未熟さから離れたい心理が後の良寛をして「四十年前《しじゅうねんまえ》行脚日《あんぎゃのひ》」と改めさせたもの、と考えられるからである(この漢詩については『良寛の探究』七四頁を参照)。

良寛が、『書言字考』の内容をどの程度摑《つか》んで漢詩を作っていたのかは分からないが、江戸期後半に広く使われたこの辞書に「少小」「少壮」の二語が出てこないということは、当時の人びとは頻繁にはこの二語を使わなかったと想像される。そう考えると、良寛がこれらを一語とは認識せず、「少」と「壮」を併せた自分の造語という認識だった可能性も出てくる。そこで、ヲサナイまたはワカシの「少」と年齢「三十」の「壮」を結びつけて「少壮」と言ったとすると、その語の意味内容は、「まだ若いが、未熟ながら世に生きる者としての自覚が芽生え、自分の将来を考えるようにもなっている時分」から「三十」歳頃まで、ということになる。もちろん、その「少壮」の意味が、「ヲサナイ」の意のみの「少年」と重なる時期を含みつつ、思慮分別もより確かなものになっていってやがて三十歳に至る、ということであるのは間違いなかろう。良寛は後年、自分の若かった頃をそのような姿として振りかえっていたのではなかろうか。

以下は、良寛が漢籍に広く通じていて、「三十歳は壮、三十以前を少という」と理解していたのではないか、と考えられる点についてである。『大漢和辞典』から該当箇所を抜き書きすると（『書言字考』や年齢に繋がりを有する箇所、用例のみを引用。）、

「少」―― 二①をさない。〔玉篇〕少、幼也。（以下略）
②わかい。（用例一項省略）〔注〕少、年少也。
③三十以前。〔論語、季氏〕少之時、血氣方剛未レ定。〔皇疏〕少、謂二三十以前一也。
④わかもの。こども。（用例一項省略）

「少小」――年の若い人。年少。老大の對。（用例省略。なお、長短、善悪のように、「少と小」とする用例は無い。）

「少年」――①年の若い者。わかもの。若年。（用例省略）

「壮」――⑩としざかり。三十。〔釋名、釋長幼〕三十曰レ壮、壮、言二丁壮一也。〔禮、曲禮上〕三十曰レ壮。
⑪としわか。（用例省略）

「壮士」――①氣力の盛んなますらを。壮夫。（用例省略）
②わか者。青年。壮丁。

「少壮」――年がわかくて血氣さかんこと。としわか。わかざかり。（用例省略。「少と壮」とする用例は無い。）

とあって、確かに中国でも『論語』『禮記』の理解の際には古くから「壮は三十歳、少は三十歳以前」とされており、そのうちの「壮」だけは『書言字考』に引き継がれて江戸期後半には一般化していたと推測されるから、良寛はその

ことは頭にあったと見て良いのではないか。大森子陽の三峰館で学んでいた可能性も無しとしない。

さらに、そのことに関連して注意を引かれるのは、『論語』季氏第十六の四二七章に、

> 孔子曰《こうしいわく》、「君子有三戒《くんしにさんかいあり》。少之時《わかきときは》、血気未定《けつきいまださだまらず》。戒之《これをいましむる》、在色《いろにあり》。及其壮也《そのそうなるにおよんでや》、血気方剛《けつきまさにごうなり》。戒之《これをいましむる》、在闘《とうにあり》。及其老也《そのおゆるにおよんでや》、血気既衰《けつきすでにおとろう》。戒之《これをいましむる》、在得《うるにあり》。（宮崎市定氏『論語』〈岩波現代文庫。二〇〇〇年、岩波書店〉二八一頁）

とあることである。良寛自身が「少小」の時代に『論語』のこの章を読んだ折には、「孔子がこの章で言う『少』、『壮』とは何歳頃をさすのか」と関心が湧いただろうし、その心で漢籍を引用した『書言字考』を見る機会があったなら、その時代から既に「なるほど、『壮』とは三十歳を言うのか」と理解したに相違ない。あるいは他に機会があれば、「少は三十歳以前」ということも早くから記憶していたかも知れない。

こうしてみると、良寛が若さを言う「少」「少小」「少年」「少壮」「壮」の各語を使用する際には、その基点として「三十歳が壮」という認識がまずあって、そこから「少」へ、さらにはそれ以前の「小」へと、自分の経験に照らし合わせて確かな用法を獲得した、と言えるのではなかろうか。

三　良寛が土佐で得たもの

客中聞杜鵑《かくちゅうとけんをきく》
春帰未得帰《はるかえれどもいまだかえるをえず》
杜鵑慇懃帰《とけんねんごろにかえるをすすむ》
世途皆危嶮《せいとみなきけんなり》
郷里何時帰《きょうりいずれのときにかかえらん》（四四六）

この漢詩について、谷川氏『良寛全詩集』の脚注に、「長い托鉢行脚の途中、初夏のおとずれとともにほととぎすの声を聞き、望郷の念におそわれたのである。『不如帰』は帰るに及ぶものはない、あるいは帰ったほうがよいの意味となろう」とある点は、この漢詩への分け入り方を示すものと言って良い。確かに「不如帰」を訓読すると「帰るに及ぶものはない、帰るのが一番良い」の意となって、旅の途上にある良寛の思いにふさわしい。それならいっそのこと帰れば事は済むはずなのだが、一方で「未得帰《いまだかえるをえず》」と言い、「郷里何時帰《きょうりいずれのときにかかえらん》」とも言う。この、「自分は帰りたいのだが、心の中の第二の自分が『帰れない』と言う」という状況、つまり、「このまま帰ってしまえばそれでもいいのだけれど、本当は○○してから帰るのがいいのだから、まだ帰れない」という状況とは、どんな旅でのことなのだろうか。

ア　四国行脚は聖胎長養の旅だったのか。四国へは何時行ったのか

谷川氏によって示された、「杜鵑」は「不如帰」で理解するのかも知れないという考え方は、字面《じづら》だけでなく、良寛の持っていたであろうホトトギスに関する知識を推測し、その範囲に包含されるものを使って正しい理解に至る、という方向性を示している。その示唆で気付いたことは、旅の途上にあった良寛がホトトギスの鳴き声を聞いたとき、声の聞き做《な》しを思い出したのではないか、ということである。ホトトギスの鳴き声の聞き做しは「テッペンカケタカ」「ホンゾンカケタカ」が広く知られている。当時、越後の禅門には「雲洞の土踏んだか、関興の味噌舐めたか」の言葉があったから、良寛はホトトギスの鳴き声の聞き做しを同様の問いかけ言葉として理解し、「テッペンカケタカ」に「一番大事なことを頭に置いているか」の意味を見、「ホンゾンカケタカ」に「一番大事な本尊様を心の中に掛け持っているか」の意と考えた可能性は高いだろう。

そのようにして、良寛がホトトギスに問いかけられたとして、それに対する答えが「『一番大事なこと＝本尊様』はまだ心の中に見えていない」だったらどうだろうか。良寛は、当然、「まだ帰れない」と思うに違いない。それにしても、「旅の途中で『まだ帰れない』と思う旅」とはいったいどんな旅だったのか、との疑問も湧く。そこで、その旅を、良寛の動きの中に求めると、それは、通説に言うところの、寛政三年(一七九一)の國仙示寂以後五年ほどの間、近畿から九州に及んだとされる聖胎長養の旅が該当するかと思えてくる。

その旅に冒頭の漢詩を当てはめて考えると、「一番大事なこと＝本尊様」(最前の言い方では「○○すること」に相当)は「帰郷して修行すること、また、その決意」ということになり、「世途皆危嶮《せいとみなきけんなり》」の「世途《せいと》」は聖胎長養の旅の途上で出会った人びとが該当する。そこまでは矛盾が生じない。ところが、起句では「やって来た春はもう帰っていった

が、私は帰れないでいる」として「春」をまず言い出しているのだから、その年の春こそ良寛にとって何か特別なもののはずなのに、聖胎長養の旅の春に当てはめると、凡々たる何回目かの春になってしまってふさわしくない。また、聖胎長養の旅の途上で良寛が杜鵑の鳴き声に触発されて「帰るのが一番良い」と思ったのなら、夏から詠み出す方が良いはずだし、行脚途上に何回か過ごしてきた夏の経験を言うのなら、今、過ぎた春を「やって来た春はもう帰っていったが」とわざわざ言うのは、主題に無関係なことを言っていることにもなる。そのことから出てくることは、どうもこの漢詩は、通説で言うところの聖胎長養の旅での作ではない、ということである。

――ここまでは、仮に通説で言う聖胎長養の旅というものがあったとすれば、という前提で述べてきた。それは、これまでの良寛研究者のほとんどが、長短の差はあれ、良寛に聖胎長養の旅を想定しているからである。では、本当に、良寛にとって聖胎長養の旅は必要だったのだろうか。ここで一度、そこを再点検し、その結果を踏まえたうえで冒頭の漢詩の理解に戻ることにしたい。

良寛の禅修行に聖胎長養の旅が必要だったか否かを考える際の最も重要な手がかりは、國仙の書いた印可の偈だろう。そう判断するのは、圓通寺で本格的禅修行を始めて以来の良寛の方向と、その成熟度を熟知する師の言だからである。國仙はその偈の前半で、良寛の禅修行について「良也如愚道轉寛《りょうやぐのごとくみちうたたひろし》　騰々任運得誰看《とうとうにんぬんうともたれかはみせん》」と見解を記した。この二句で國仙の言うところは、「(良寛よ。お前が)自分から磨き始め、私の許で本格的に何年も磨き続けてきたところの、ひたすら素直に、良きことに徹するという道は、外から見ると一見愚かなことをやっているようでもあるが、その道は寛く、その道にそって行動し得ている時は心がゆったりして、禅修行者の道にはもちろん、人の道にも適《かな》っていることが分かる。ただ、その道にそって人生を生きることは果てしない広がりを持つことになり、『閑々地』を目指しての完全な実現には困難を極めるはずのことだ。(その)お前の身内に内在していて磨き出しつつある『騰々任運』という生き方は、お前以外の者が努力によって獲得しても、(得たそれを)どんな者が実際に言動を通じて他の者に分かるように見せることが出来ようか、そういうことの出来る者はいない。これはお前だけにしか出来ないことなのだから、その生き方を大切にして、一生涯、その磨き出しに努めなさい」ということだろう(このことについては『良寛の探究』「國仙の与えた印可の偈」を参照)。

この理解に大きな誤りが無いなら、印可の偈以後の良寛の禅修行は、他の優れた禅僧からの指導や他を見て学び取ることなどはまったく必要がない。住職となる者こそ、他の優れた禅僧の考えややり方を広く身に付けるほうが良いに決まっているが、良寛の禅はひたすら我が心の姿に我が目を向けていて、我が身から出る「良」という有りように揺るぎが生じないように留意する、そのことだけが良寛の道ということになる。そのことを印可の偈から良寛が理解しなかったとは考えにくい。つまり、そのように以後の良寛が國仙授与の印可の偈を理解し、それを一つの拠り所として「人の生けるや直し」に生きたのなら、この印可の偈の示すことからだけでも聖胎長養の旅に出る必要を感じなかったはず、ひいては、聖胎長養の旅は無かったはず、と見えてくる。

それにもかかわらず、これまでの良寛研究者のほとんどが、寛政三年(一七九一)の國仙示寂から同八年(一七九六)までの五年ほどの期間を聖胎長養の旅と想定するのは、印可の偈は國仙の見方、良寛は良寛で勝手に生きた、と見てしまい、良寛が國仙に寄せていた全幅の信頼を考慮しなかったからなのではないか。あるいは、寺を経営する住職も「没宿」を旨とする良寛も、同じ禅僧だ、と見てきたからではないか。

もう一点、寛政九年(一七九七)の原田鵲斎「尋良寛上人」まで、良寛の越後在住を思わせる資料が無いことも通説の聖胎長養の旅説が生まれる材料になったに違いない。

良寛が帰郷の途上に糸魚川で詠じた漢詩には題があり、その題を本田家本「草堂詩集」では「安永庚午」と書きはじめている。そこから、帰郷の年は寛政四年(一七九二)と判明する(このことについては『良寛の探究』「帰郷途上の糸魚川における漢詩」を参照)が、その年からの五年間は、良寛が「没宿」(この語については『良寛の探究』「圓通寺」を参照)に徹した生き方をする一方、寛政五年(一七九三)には國仙三回忌、寛政七年(一七九五)には京都での以南の失踪《しっそう》、寛政八年(一七九六)には圓通寺での戒会(伝存する簿冊に「大愚維那」の記録あり)、寛政九年(一七九七)には國仙七回忌と、少なくとも四回は関西または圓通寺まで出かけていた可能性のある事実があって、そのすべてに良寛が出向いていたとすると、越後にいなかった期間は実に長いものとなる。それらのことが結び付くと、良寛が越後に在住していたことを示す資料は残りにくくなる。したがって、この期間に越後在住資料の無いというのが、むしろ良寛には自然なのである。

ところで、この期間、良寛が聖胎長養の旅にあった、長崎まで行っていた、とする説の動かぬ証拠として上げられているのは、道者《どうしゃ》超元の詩偈を書いたものと言われる次の良寛遺墨の存在である。

無言轉虚機《むごんはきよきをてんず》
機説説何伊《きはとけどもなんとこれをとかん》
弥布徧大千《いよいよしきてだいせんにあまねければ》
知者却不知《ちしやはかえつてしらず》
道者元

良寛拝書(遺墨の踊り字にもとの漢字を当て、『良寛全詩集』所載の読みの一部を変更して掲出。)

これは丁寧な筆運びの作で、五言絶句形式の詩偈の後に書かれていた超元の落款をそのまま「道者元」と書き、良寛自身の落款には「良寛拝書」としてあって、寡黙だった良寛が超元の詩偈を読んで同感、深い感銘のうちに超元の書いていたそのままを書いた、そんな状況を表している。そうすると、良寛は超元の書した詩偈の遺墨を見て「拝書」したことになる。したがって、通説の立場からすると、超元はわずか足掛け九年間しか長崎にいなかったのだから、その詩偈の墨蹟は長崎にしかないはず、それなら、良寛は長崎に出向いたはず、と考えることになり、だから良寛に聖胎長養の旅があったのだ、と考えるのだろう。では、良寛在世当時、本当に、超元の書いた詩偈の墨蹟は長崎に行かないと見られないものだったのかどうか、そこを検討してみたい。

明僧の超元は、中国福建省福州の黄檗山萬福寺で住職だった隠元隆琦の、その法弟にあたる亘信行弥の法嗣で、明末の世の混乱を避けるためか、長崎へ来た。それは慶安三年(一六五〇)のことで、長崎で寛永六年(一六二九)に明僧・超然によって開創されていた崇福寺の第三代住職に人びとに乞われてなった。二年後の承応元年(一六五二)には、早くも平戸藩主松浦鎮信に招かれて平戸の普門寺に滞留し、藩主以下多くの僧俗を教化するなど、その名はたちまち広まっていったが、右の隠元隆琦が、日本在住の明僧や長崎の唐三か寺(興福寺、福済寺、崇福寺)檀家の招請によって承応三年(一六五四)に来日すると、約四ヶ月間、隠元に崇福寺住職の立場を譲り、隠元が摂津の普門寺に移ってゆくと、明暦三年(一六五七)に即非如一が来日して崇福寺に入るまでは、再度、崇福寺住職をつとめた。即非如一が来日してふたたび住職を退いた、その翌年の万治元年(一六五八)、超元は中国に戻っていった。こんな流れで超元の在日期間が足掛け九年と割合短かったのは、隠元のようには日本で重く取り立ててもらえなかったから、とか、崇福寺住職をめぐっての隠元派との軋轢があったから、とかと考えられている。ただ、その短かい在日期間にもかかわらず、播磨生まれの盤珪永琢(臨済宗)が付法を受け、慧極道明(黄檗宗)、賢巖禪悦、賢叟禪貞(以上臨済宗)、獨庵玄光(曹洞宗)等をはじめとする多くの日本の禅者が指導を受けた。これは、当時の日本の禅宗各派の僧たちの多くが、本家の中国禅を直接学びたいと願っていたからだろうし、超元の接し方が日本の禅者を尊重するものだったからだろう。

超元に学んだ日本の禅者の中には、超元が万治元年(一六五八)に中国に帰った後、超元の語録をまとめる者もいた。超元の許に侍者としていっしょに過ごした賢叟禪貞と慧斑(道号か戒名か未詳)はそれぞれに超元語録を作っており、それらを書写した慧極道明の所持本二種は、後日、獨庵玄光の見るところとなり、それを玄光は一冊にまとめて侍者慧斑 禪貞録(本文内題下では、慧斑は右、禪貞は左の並列表記)『南山道者禪師語録』として上梓した(同書の獨庵玄光の序に拠る。序には「予依附道者八九年《よどうしゃにいふすることはちくねん》」とある。玄光の生没年〈一六三〇~一六九八〉に当てはめると、超元来朝時点は二十歳、帰国時点は二十八歳だった。また、玄光と慧極道明はいっしょに超元の侍者をつとめた、ともある)。その『南山道者禪師語録』上梓は貞享三年(一六八六)のことで、江戸での出版だった。刊記には「貞享三年丙寅孟冬穀日　書肆戸島宗兵衛壽梓」とある。

この「戸島宗兵衛」は、井上隆明氏『近世書林板元総覧 改訂増補』(日本書誌学大系七六、一九九八年、青裳堂書店)では「戸島惣兵衛尉」と同一とされて、江戸室町三丁目に住んだ彫師とされるが、知り得た範囲の「戸島惣兵衛」刊行書籍を刊記記載刊年順に配列してみると、寛文六年(一六六六)から天和元年(一六八一)までの十五年間は「戸島惣兵衛」、その五年後の貞享三年(一六八六)刊の『南山道者禪師語録』だけが「戸島宗兵衛」となる。この点が存在してもなお同一として良いのかどうか、大いに迷うところだが、例え同一人でないとしても、同姓同発音の人名ゆえ、おそらくは親子か一族であって、ともに江戸の書肆であることは間違いなかろう。つまり、超元の帰国後約三十年の頃、江戸でも明僧超元の禅が広く禅者たちに知られていて、語録を刊行すれば売れるほどであったということである。

『南山道者禪師語録』の貞享三年刊本は、刊行後六十年余り経過すると入手困難になっていたのだろう、宝暦三年(一七五三)六月以降の遠くない時点に重刻本が刊行された。この重刻本の跋文には「宝暦癸酉林鐘望日」「東都天祥禅寺南山北義欽題」とある。この跋文から読み取れるところでは、道者禅師が開山とされる集雲禅寺(所在地未詳。道者禅師が開山なら、当時、九州にあった寺か)の現住・空性海公は『南山道者禪師語録』刊本が今ではもう世に亡くなっていることを慨嘆し、遥か東都の天祥寺に出向いて住職・南山北義に重刻を持ちかけた。南山北義自身も重刻を慫慂していたので、結果として重刻が実現した、という。完成した重刻本は、玄光の序文の後に、新たに松浦鎮信の序と超元絵像を、末尾には超元の新収詩偈二篇を加えて充実を図っている他、貞享三年刊本が明朝活字体で刻されていた本文のすべてを、新たに毛筆書体にして版木を作り直すなど、入念仕上げの様子が窺える。刊記が無いので確定的なことは言えないが、東都・天祥寺の住職が関わったことでもあり、江戸での刊行だったと見てよいのではなかろうか。ともかく、このようにして重刻本が世に出されたということは、刊行すればその時代の禅僧たちにも広く売れる状況にあった、ということは確かであろう。

ここで良寛に戻るが、前に、寛政四年(一七九二)春に良寛が帰郷して以後、寛政九年(一七九七)までの五年間に、京都または圓通寺へ旅に出た可能性のある事実が四回はあったと記したが、その後も寛政十年(一七九八)の京都での香の病死(「風霜七度送年光」とある漢詩はこの年か)、享和元年(一八〇一)の京都での以南七回忌と、四年間に二回は同様の機会があった。このように、若い頃の良寛がしばしば通過または滞在することになった関西の地は、超元の禅と同系列の隠元隆琦が開いた黄檗宗萬福寺があり、他の禅宗各宗派の有力大寺院も多い所だから、二度にわたって刊行されてきている『南山道者禪師語録』は、江戸と同じく、またはそれ以上に広く行き渡っていたかと思われる。

以上からすると、『南山道者禪師語録』再刊の宝暦三年(一七五三)の約四十年後に良寛は帰郷し、その後の約十年間に関西や江戸へ旅をしたことになるのだから、良寛はおそらく、関西か江戸か、まずそこで『南山道者禪師語録』で超元を知ったと推測される。ただし、『南山道者禪師語録』にも、また、賢叟禪貞がこの『語録』とは別に作っていた『禅餘集』の巻之下「道者和尚略傳」(大分市萬壽寺所蔵の『禅餘集』原本は、賢叟禪貞が「寳永元甲申稔仲穐日集拾」したものを「末孫西白沙門惠光謹書寫」したとある。筆者が点検したのは、その惠光書写本を昭和六年〈一九三一〉に郷土史蹟傳説研究會が透写版印行した翻刻本)にも、超元の詩偈「無言…」は出てこない。すると、良寛が超元の「無言…」の詩偈を見たのは、超元を知って後、かなり時間の経過があってからであったかと考えられる。

次に、「無言…」の詩偈そのものについて考えてみる。刊本『南山道者禪師語録』の本文冒頭に、超元について

「師謙々《しけんけんとして》不居師位《しいにおらず》」（引用者注…々の原本は、を二つ重ねたもの）とあり、賢巖禪悦に与えたと考えられる頂相に常不軽菩薩の詩偈があるくらいだから、偉ぶらずに親しく接する禅僧だったと思われるが、集まってきた日本の僧俗に会ってその問いに直接答えるような時には、

師《し》、不通此土之國語《このとのこくごにつうぜず》。所以問答皆以筆為舌《ゆえにもんどうみなふでをもってしたとなし》以眼為耳《めをもってみみとなす》。則今録曰答問者《すなわちいまろくしてとうもんというものは》、皆筆問筆答也《みなひつもんひつとうなり》（『南山道者禪師語録』本文七丁表最終行～同裏二行目）

とあるように、すべてが筆談だったらしい。そうだとすると、日本で超元に付き従う侍者や弟子たちも無言のうちに行動することが多かったはずで、超元自身、日本に来てからは無言ということに思いを深めるケースが多かったと想像される。そのようにして超元が気づいていた無言の持つ働きを、おそらく誰かに書き与えていたのだろう。その誰かに書き与えられていた遺墨の一枚を何処かで良寛は見たのに違いない。寡黙だった良寛は、既に無言であることの価値を自分で感じていて、超元の無言の働きを言う詩偈に偶然巡りあって強く共感、感動し、そのままを書き写すことになったのに違いない。

では、良寛はいったい何処で超元の詩偈を見たのか。現在、超元の書いた詩偈が幾枚伝存しているのかは分からないが、賢巖禪悦、盤珪永琢それぞれが授かったと見られる超元の頂相《ちんぞう》が二点伝存するくらいだから、他の有力な禅僧たちにはもちろん、集まってきた者の多くに対し、自分が伝えたいことのメモ書き的詩偈が書き与えられた可能性は高いだろう。話す言葉の通じない超元が自分の考えを伝えるには、そのやり方が一番良かっただろうし、また教えを受ける者にとっても、敬う人の書いた物がもらえることはうれしいことだったに違いない。そして、そのようにして超元から詩偈を授けられた多くの禅者たちは、例えば独庵玄光が武蔵の万松山東海寺（東京都品川区）に滞在したこと

があるように、関東や関西の各禅宗寺院にやってきていて、そこに超元の墨蹟がとどめ置かれるという状況は、かなり多くあったのではなかろうか。

良寛の禅が聖胎長養の旅を必要としないものだったことは既に述べたが、國仙の導きに特に忠実だった若い頃の良寛は、その遺風を求めて五師参見を完遂しようとしたはずで、関西に住持していた兄弟子たちを訪ね終えた後には関東に回って、必ずやそこに住持する兄弟子を訪ねたに違いない。また、文化九年(一八一二)、亀田鵬齋を江戸に訪ねたが不首尾だったか、とする逸話も伝わっている。長崎へは行かなくとも、そのような機会に、関西や関東に伝存していた超元の詩偈を良寛が見る機会はあったのではないか。そのように考えてくると、道者《どうしゃ》超元の詩偈「無言《むごんは》轉虛機《きょきをてんず》…」を見て感動して書いた良寛の遺墨というものは、必ずしも聖胎長養の旅で長崎に行った証拠とはならないことになる。そうすると、つまるところ、良寛においては聖胎長養の旅は無かったと見る方が、國仙の印可の偈から言っても自然、ということになる。——

ここまで、冒頭の漢詩が聖胎長養の旅の作だとすると、初句において、今、過ぎた春を「やって来た春はもう帰っていったが」として、わざわざ主題に無関係なことを言っていることになってどうも変だ、というところから始まって回り道をし、良寛においては、聖胎長養の旅があったとする確実な証拠は一つも無いことを述べてきた。が、聖胎長養の旅が無かったとすると、過ぎた春を言わなければならない旅が他にあることになる。そこで、ここでふたたび冒頭の漢詩に戻って、過ぎた春を言わねばならない旅を探すことにしたい。

既に述べたことだが、良寛が寛政四年(一七九二)春に帰郷して以後、旅に出た可能性のある事実としては、寛政五年(一七九三)の國仙三回忌、寛政七年(一七九五)の京都での以南の失踪《しっそう》、寛政八年(一七九六)の圓通寺での戒会(伝存する簿冊に「大愚維那」の記録あり)、寛政九年(一七九七)の國仙七回忌、寛政十年(一七九八)の京都での香の病死(「風霜七度送年光」とある漢詩はこの年か)、享和元年(一八〇一)の京都での以南七回忌と、八年間に六回あった。が、これらの六回の旅で想定される行動目的には、「一番大事なこと＝本尊様」が自分に見えたかどうか、それが見えなければ自分は帰れない、とするような、良寛の深いところに繋がる何かがあるとは見えない。したがって、これらの旅ではないだろう。

帰れるか帰れないかが問題となるはずなのは、第一には、圓通寺を出て帰郷するか否かを判断する時点だが、それは、筆者の推定では寛政四年(一七九二)一月頃のことで(『良寛の探究』「帰郷の決意」を参照)ここに掲出した漢詩の季節が夏であるのとは一致しない。よって、改めて「季節が夏で、帰れるか帰れないかが問題となる旅とは何か」を考えねばならなくなるが、それを考えるためのカギは、もはや冒頭の漢詩の中に探る以外には無いことになる。そうすると、前に「今、過ぎた春を『やって来た春はもう帰っていったが』とわざわざ言うのは、主題に無関係なことを言っていることにもなる」と記して、不自然さのあるのを感じていた、「春帰《はるかえれども》」がそのカギになるのではないか、と見えてくる。

この「春帰《はるかえれども》」での良寛の思いをもっと踏み込んで解釈してみると、

①　旅に出る前は冬で、出発前、この旅は相当長いものになるだろうが、その間に、現在の自分に「一番大事なこと＝本尊様」をぜひ会得したいものだ、と考えていた。

②　長い旅ではあるが、冬に出てゆくのだから、春の終わり頃には帰れるだろう、という、およその期間を想定していた。

③　①②の事前想定にもかかわらず、実際には、ホトトギスの鳴く初夏になってしまったが、それでもまだ①で考えていた「一番大事なこと＝本尊様」は会得できていないので、我が不明を嘆く気持ちになってきている。

④　この先のことを考えると、ただ我が不明を嘆くだけでは済ませない。なんとか「一番大事なこと＝本尊様」を会得しなければ、帰るに帰れない。

の四点を言うために、どうしても「過ぎてしまった春」への言及が必要だった、ということになろう。

そうすると、前頁に列記したところの、八年間に六回の可能性が想定されるもの以外の旅で、ここまでに検討してこなかったもの、しかも、①〜④を思ったであろうと考えられる旅はただ一つ、寛政四年(一七九二)冬に越後を出発し、圓通寺での國仙三回忌参列、伊予での斷崖木橋参見を済ませた後に続けた四国行脚のみということになる。もちろん、旅の出発地は帰郷後の越後であり、越後から出てきたのなら「皆危嶮《みなきけんなり》」という「世途《せいと》」は越後での世間を指す、ということになる(土佐で①〜④を思うことになってゆく、その前提としての越後での様子については、『良寛の探究』「四国行脚、関東での兄弟子参見」を参照)。

イ　四国行脚のねらい

以下には、「一番大事なこと=本尊様」とは何か、ということに目を向けることになるが、その前に、ここに導かれてきた良寛の四国行脚の年が、近藤萬丈「寝覚の友」(この表題名は、冨澤信明氏「近藤萬丈と『寝佐免乃友《ねざめの》』」〈『良寛』四九号《二〇〇六年春号》の弘化二年〈一八四五〉書写にかかる「抄録」〈冨澤氏の命名に従う〉本の跋文中の記載による。同論文に掲載の「清書本」〈国会図書館蔵。弘化四年《一八四七》清書〉には『寝佐免乃友』とする。この「清書本」に跋文は無い)の記述と食い違いを起こしているかどうかを点検しなければならない。

萬丈「寝覚の友」の「抄録」本の跋文に、

こははたとせあまりのむかし、我それまでの
見聞しことども書あつめて寝覚の友と名づけて*
一小冊となしもてるを、此頃田中庵の大徳の

見給ひて、我も越州の産也、了寛和尚なつかしからぬにあらず。此かけるまゝを写し与へよとあるに、いなみがたくて、

弘化二年

　巳のとし　　椿園のあろじ《ママ》

　　初夏　　萬丈

　　　七十才書

（行替えは原文どおり。濁点、句読点を加えた。＊の「友と」二文字は萬丈が書き落としていて、後に右側に補ったもの。）

とあるのによって考えると、この「抄録」本作成時点の弘化二年〈一八四五〉より「はたとせあまりのむかし」に「寝覚の友」と名付けた「一小冊」を作っており、その「一小冊」の中には「了寛和尚」と土佐で出会ったことを書いていたのである。

　跋文で「一小冊」中に書いておいたとする「土佐で了寛和尚に逢ったこと」は、その「一小冊」に書いておいたまま、この「抄録」本の跋文の前にも書き抜かれてある。

　その中で、自分が「了寛和尚」に逢った事実を書いた後、「こは（「土佐で了寛和尚に逢ったこと」を指す）今ははや三十とせあまりむかしの事なるが、」としたうえで、後にその＊相手が了寛だったと気付いた由来を、「ちかきとし橘茂世とかいへるものゝ著せし北越奇談と題せし書に、了寛は越後国其地名わすれたり橘何某といふ豪家の太郎子也しが、おさなき時より書をよむ事を好み…（『北越奇談』を記憶していて、ここにそれを要約筆記したとみえる良寛の行為の記述

があるが、それを省略。＊…これ以下にある小字八文字の短文は、原本では二行の割注）…（『北越奇談』に）つばらにしるせしを見れば、かの土佐にて逢し僧こそは、とすゞろに其昔思ひ出して、一夜寝覚の袖をしぼりぬ。」と書いて、本文部分を締めくくっている。――したがって、「了寛」の漢字は『北越奇談』の表記を正しいものとみた萬丈が、「三十とせあまりむかし」の記憶を修正して記したものだろう。なお、右に掲出の跋文は、本文の終わった後に一行の余白をとって記されている。――

ここで萬丈は、弘化二年（一八四五）より二十年余り前に「一小冊」を書いて作り、その「一小冊」を書いて作るよりさらに三十年余り前に土佐で了寛に逢った、と言っている。つまり、冨澤氏も前出論文で説かれるごとく、弘化二年（一八四五）よりも五十年余り前に、萬丈は了寛に逢ったのである。ここで問題になるのは、二度使われている「あまり」をどう見るか、ということであろう。「あまり」一個を一年と見れば五十二年前、一箇を一年、もう一箇を二年と見れば五十三年前、二個とも二年と見れば五十四年前ということになる。

萬丈が弘化二年（一八四五）の五十二年前に了寛に逢ったのなら、それは寛政五年（一七九三）、五十三年前に逢ったのなら、それは寛政四年（一七九二）、五十四年前に逢ったのなら、それは寛政三年（一七九一）ということになる。そうすると、筆者が『良寛の探究』中の「四国行脚、関東での兄弟子参見」の項で考え、引き続いてこの項目で考えてきたところの、寛政五年（一七九三）の國仙三回忌参列、四国の斷崖木橋への参見を終わった後に四国行脚を続け、その時に良寛は土佐で近藤萬丈に偶然会っていたのだ、という見方は、萬丈の「寝覚の友」の記述する期間の範囲内にある。また、近藤萬丈の年齢は、弘化二年（一八四五）に七十歳だから、寛政五年（一七九三）には十八歳ということになる。この年齢もまた、元服を過ぎて結婚の直前という時期であって、一人旅も可能、七十歳時点から振り返ってみると「おのれ万丈よはひいと若かりしむかし」にも適合する頃合いである。

良寛の四国行脚の年に関する「寝覚の友」との整合性を確認できたので、いよいよ「良寛にとって『一番大事なこと＝本尊様』とは何か」という、この項目での中心テーマに取りかかることになった。これまで、筆者は『良寛の探究』中の「四国行脚、関東での兄弟子参見」の項において、近藤萬丈「寝覚の友」の記録は、

ア　良寛の和歌に「僧《そう》はただ万事《ばむじ》はいらず常不軽菩薩《じやうふきやうぼさつ》の行《ぎやう》ぞ殊勝《しゆしやう》なりける(五一八)」があり、その和歌に詠じられた常不軽菩薩の行と同一の行為の再確認は、自身の何らかの体験からつかみ出したものであり、自分の信念による行為だった、ということを表している。この信念に基づく良寛の言動を、大もとに向かって辿《たど》ってゆくと、その原点が四国巡礼の時の体験だった、という可能性が最も高い。そうすると、土佐で「了寛」に会ったという近藤万丈の記録は、以後、良寛らしい姿になってゆく基点を暗示している証言として、きわめて重要な意味を持つことになる。

イ　良寛が『荘子』によって自己を磨いた事実を示している。

の二点を示すものであって、存在意味が非常に大きい旨を記してきた。しかし、そのア、イの二項は良寛の行いを別方向から見た見え方の違いを言うのであって、本来、良寛の中においては結び付いて一体のはずである。そうでなければ、良寛は『荘子』を趣味か何かで読んでいたことにもなってしまう。冒頭の漢詩を詠じた良寛が四国でそんなことをしているはずはない。そこで、そのことを視野におきながら、「良寛にとって『一番大事なこと＝本尊様』とは何か」を考えてゆきたい。

萬丈が良寛の所持と見られる『荘子』について記している箇所には、

…窓の／もとに少《小カ》きおしまづきを居《据カ》て其上に／文二巻置きたるより外は何ひとつたくはへ／もてりとも見へず。

このふみ何の書にやとひらき／見れば唐刻の荘子也。そが中に此僧の／作と覚しくて古詩を艸書にてかけるがはさ／まりある《ママ》。から歌ならはねば其巧拙はしら／ざれども、その筆書や目を驚かすばかり／なりき。（冨澤信明「近藤萬丈と『寝佐免乃《ねざめの》友』」〈『良寛』四九号《二〇〇六年春号》所載〉に収載された、弘化二年〈一八四五〉書写にかかる「抄録」本の写真版によって翻字。「抄録」本二十二行目末から二十九行目にかけての箇所。濁点、句読点を加えた。／は改行符号。引用文中の傍記は引用者。）

とある。良寛所持の『荘子』に「古詩を艸書にてかけるがはさまりある《ママ》」のだから、その古詩は『荘子』に関わるもののはずである。『荘子』の内容に良寛が反応し、自分の経験と結びつけて漢詩に詠じてゆくという行為は、単に『荘子』を自らの教養保持、向上のために読んでいた、というような底の浅い思いからの行いを意味してはいない。自らの生きように関わるところの、重要な何かについて考えるために、その手がかりとして『荘子』を読んでいたのだった、と判明する。そして、良寛が考えていた「重要な何か」こそ、冒頭の漢詩で感じ取られた「一番大事なこと＝本尊様」の指す内容だったはず、ということになる。

得度して以降の良寛が「人の生けるや直し」を磨くことに生きた場合、のたうち回らねばならぬほどに苦しみ、しかも、決して解決しないでは通過できなかった大問題が、二つはあったと考えられる。その最初の一つは、動物の一類である人間なら誰もが抱えている問題で、「五欲を克服すること」だっただろう。これは自分一箇の中に存在する問題で、「禅僧としてどのように生きて行くか」という問題よりもはるかに根源的な問題だったはずである。もう一つは、圓通寺の傘の外に出た後に必ず生じてくる問題で、「他人とどう接してゆけば他人の思いにも適い、禅僧としての自分、『人の生けるや直し』に生きる自分の思いにも適うのか」という問題である。このうち、後者の問題は、「見ず知らずの他人の中に分け入って、見ず知らずの自分が托鉢修行している」という場合でも自然と自覚されてくるものだろうが、良寛の場合、故郷が一番厳しい環境と知りながら、自分を知る者の多い故郷の地へ自分で飛び込んだのだから、自覚された後者の問題は、見ず知らずの他人の中で生ずるよりも巨大にして強烈、かつ強固、しかも最初からの出現となったはずである。

この後者の良寛の悩みについては、『良寛の探究』中の「四国行脚、関東での兄弟子参見」の項に具体的に記したとおりであって、良寛が真面目な気持ちになって托鉢行で人びとに仏法を伝えようとすればするほど、通り一遍の人びとの反応との落差は大きなものとなり、その結果、自分には空疎な気分しか残らないという悩み、心の通じ合いの実感がまったく持てないという悩みが湧き上がった、と想像される。

やがて、その悩みというものは、托鉢修行にいい加減に対応する世人の側に生ずるものではなく、托鉢修行で人びとに仏法を伝えようとする真面目な自分の側だけに生じてしまうものだ、と良寛は気付いたであろう。それゆえ、さらに良寛は、自分の心の持ちようを工夫することが必要、と考えるに至ったのではないか。

師の國仙がどの程度『荘子』について語っていたのか分からないし、良寛が『荘子』各章の包含している基本的な方向性というものをどの時点で知ったのか、ということも分からないが、格差のある社会の中でもろもろの格差に対処しつつ、しなやかに生きるための心の持ちようが『荘子』には書かれている、ということを、帰郷時点の良寛は知っていたのだろう。ともかく良寛にその知識があったから、國仙三回忌参列で出立する際、『荘子』を携行した。考えるべき問題は出発前からあったのだから、所持していた二冊の『荘子』は、思い付いて旅の途中で買い求めたものなどではなかろう。帰郷した年、冬に入って出立する際での携行とすると、借用しやすいのは生家の蔵書と推測される。おそらく、「圓通寺からその先の伊予まで行くと二ヶ月、帰ってくるまでには四ヶ月はかかる」と思い、その間に二冊くらいなら読破吸収できるだろう、と考えたのではないか。その状況で何冊かある『荘子』の版本から持ち出すとすると、「二冊」は初めの方の二冊ということになろう。

故郷で自分が「人の生けるや直し」に適う禅門修行を続けるためにはどんな心の持ちようが大事なのか、という問題は、「のたうち回らねばならぬほどに苦しみ、しかも、決して解決しないでは通過できなかった大問題」だったはず、という見方は既に記したが、その思いの解決を目指して越後を出て行く場合、ほぼ圓通寺に修行に行くと同等、いや、師がいないだけにもっときっかりとした良寛自身の決意が必要だった、と推測される。次の漢詩は、その決意の自分への表明であろうと思われる。

本色行脚僧《ほんじきはあんぎやのそう》
豈可存悠々《あにそんしてゆうゆうたるべけんや》
携瓶辞本師《びょうをたずさえてほんしをじし》
特特出郷州《とくとくきょうしゅうをいず》
朝極孤峯頂《あしたにはこほうのいただきをきわめ》
暮截玄海流《くれにはげんかいのながれをたつ》
一言若不契《いちごんすもしかなわずんば》
此生不誓休《このせいちかってきゅうせずと》

（二九八。この漢詩中の「本師」を玄乘破了とし、圓通寺に行くときの決意を記したとする説がある。至極尤もな見方だが、良寛得度の折、破了が良寛に自分の立場を分からせる必要があったはずだから「我が本師・國仙が、以後、お前にとっても本師だ」と説いて聞かせていたはずで、それ以後の良寛は、受業師と本師の区別は知っていただろうと思われる。さらに、後の良寛が破了を「師兄」の語をもって遇していたことからすると、良寛の言う「本師」は國仙を言う、と考えるのが良いのではなかろうか。そうすると、第三句は良寛が圓通寺を出たことを言ったもの、ということになる。そうなると、「特特出郷州《とくとくきようしゆうをいず》」が「辞本師《ほんしをじし》」の繰り返しということは無いから、「郷州」は玉島ではない。帰郷後に越後を一人で出たことを指すことになろう。わざわざ「特特《とくとく》」と言って「ただ一人」と言い出したのは、「師・國仙に随伴するのではなく、今度は一人で」の表現意図があったからではないか。同様に、「暮截玄海流《くれにはげんかいのながれをたつ》」には海を渡って伊予で斷崖木橋に参見、さらには四国行脚の予定があることを表現する意図があったのであろう。)

後の良寛にとっての右の漢詩は、文化七、八年(一八一〇、一八一一)頃に『草堂集貫華』が編まれたとする説に従って考えると、正に現在の自分に至りつく旅の出発時点での覚悟であって、決して忘れてはいけない覚悟の一つだった、ということになろう。言わば、圓通寺での禅修行に向かう覚悟と同程度の重みがあった、とさえ言えることだったであろうから、この漢詩は後の指針としての『草堂集貫華』に収載されることになったのである。

数ヶ月間の四国行脚、土佐滞在がそのように重要なものだったのなら、萬丈が見たという漢詩一篇が存したのみではなく、この期間中に少なくとも数篇は作られたはずであり、後にそれを思い返して覚悟を新たにするためにもそれらは四国から持ち帰って、いわゆる「草堂集」(筆者は、漢詩等を記した紙片を糊付けなどでまとめただけの「草堂集」なるものがあったはず、と考える。そこから『草堂集貫華』は抜粋されたのであろう。集の名に「貫華」とあるのは、そのように理解するのが一番自然である。ただし、そのような「草堂集」が伝存しているわけではない)に入れていたはずである。そうすると、現在知られている詩篇の中にもそれらのうちの一部分は存在するはずだし、それを探し出すことが出来るならば良寛の思考経過も見えよう。また、春からいつ頃まで四国にいたのかということに関する何らかの兆候も見えるかも知れないことにもなる。

そういう可能性を頭に置いて萬丈の「そが中に此僧の作と覚しくて古詩を艸書にてかけるがはさまりある《ママ》。から歌ならはねば其巧拙はしらざれども、…」を読むと、まず「古詩」とあることが注目される。萬丈自身「から歌ならはねば其巧拙はしらざれども」と言っているのだから、漢詩全般を「古詩」と言うはずもなく、また、「から歌ならはねば」と言いながら漢詩の一スタイルである「古詩」と言っているのだから、漢詩を読んでみて「これは古詩だ」と分かったわけでもない。つまり、萬丈の見た詩篇には、それが一見して古詩だと分かる何かがあったことになる。そうすると、その「何か」は「題にそうあった」ということ以外にはない。すると、題から「古詩」と分かるものとして浮かび上がってくるのは、次の漢詩ということになる(左の漢詩の他に「古意　二首」と題し、初句がそれぞれ「東山名月出」〈『良寛全詩集』作品番号三五〉と「蕙蘭生庭階」〈同三六〉があるが、左の「擬古《ぎこ》」よりも良寛の悩みの深さが浅いと見えるので、掲出は省略)。

擬古《ぎこ》
門外春将半《もんがいはるまさになかばならんとし》
好鳥語不禁《こうちょうかたりてたえず》
未見君子面《いまだくんしのおもてをみず》
那知君子心《いずくんぞくんしのこころをしらん》(五二。転句の読みを一部変更)

ここには春が半ばであること、君子(ここでは梅のことか)の花がまだ開いていないことを以て、自分の抱える問題を解きほぐすような名言、あるいは、解きほぐす方策を暗示する存在にまだ出会っていないこと、の二点を表現していて、萬丈が逢う以前の良寛はそのような状況だったと見ても、何の不自然さも無い。それは詩中に「好鳥」(良き音色の鳥。ここでは鴬。)が詠まれていて、項の冒頭に掲出した「客中聞杜鵑《かくちゆうとけんをきく》」の漢詩より以前の時点での作と考えられるからでもある。

右と同様に、まだ問題解消の糸口が得られぬ、との趣旨を詠んだ作に、

　　夏夜《なつのよる》
夏夜二三更《かやにさんこう》
竹露滴柴扉《ちくろさいひにしたたる》
西舎打臼罷《せいしゃだきゅうやみ》
三径宿草滋《さんけいしゅくそうしげる》
蛙声遠還近《あせいとおくまたちかく》
蛍火低且飛《けいかひくくかつとぶ》
寤　言不能寝《さめてここにいぬるあたわず》
撫　枕思凄其《まくらにぶしておもいせいきたり》（一七）

がある。末尾二句が自分の悩みを解きほぐすような自得に至っていない寂しさを言う、と考えられるうえに、第三句に「西舎打臼罷《せいしゃだきゅうやみ》」とあって、五合庵以下の庵住環境とは異なると判断されるため、四国行脚中の作と考えるのが自然かと思う（ただし、越後における五合庵定住以前の不定住期間の作なら、「思凄其《おもいせいきたり》」も当てはまる可能性がある）。

良寛が懐く問題の大もとのこと、すなわち、人それぞれの持つ心の働きが、偶然、同じ場合もあり、また、異なる場合もあるという不思議な状況は、一体、どうして起こるのか、という点について思考した、その結果の記録が次の作であろう。

花無心招蝶《はなはこころなくしてちょうをまねき》
蝶無心尋花《ちょうはこころなくしてはなをたずぬ》
花開時蝶来《はなひらくときちょうきたり》
蝶来時花開《ちょうきたるときはなひらく》
吾亦不知人《われまたひとをしらず》
人亦不知吾《ひとまたわれをしらず》
不知従帝則《しらずしてていののりにしたがう》（四三五）

『荘子』逍遙遊篇第一の中ほどに帝・堯の出る章句がある。良寛はそこから『十八史略』中の「従帝則《ていのりにしたがう》」を想起し、斉物論篇第二最終章句に出るところの、荘周が夢で蝶になりきって自身を自覚しなかった話から、前に実際に見ていた花と蝶の関係がそれに当たる、と考えたのであろう。そして、筆者が『荘子』から引用して次頁以下に記す章句のうち、Ⅱのbに言う「真の主宰者」「主人」を良寛の知識にある『十八史略』中の「帝」で言い替えたのではないか。そうすると、漢詩中には花と蝶が詠じられているが、それらが『荘子』章句からの連想によって出されているものなら、当然、詠じた時期は春ではなくⅡのbを読んだ時点、つまり、夏以降ということもあるはずである。

さて、近藤萬丈「寝覚の友」によると、萬丈は「唐刻の荘子」「二巻」を見ていた。その「二巻」について前述の見方を繰り返すと、『荘子』冒頭の二冊だと推測される。しかし、近藤萬丈「寝覚の友」の言う『荘子』がどの版のものかについて、筆者はまだ明らかにすることが出来ていない。したがって、以下では「二巻」を、現在、活字出版されている『荘子』の「内篇」の範囲と考えて記してゆくことにしたい。

「内篇」の範囲には、右のような問題を抱えた良寛が読むと、これは自分と同じだと思ったり、この考え方が四国巡礼の「お接待」をする人の心の有りようだろう、と思ったり、これは托鉢行する自分に必要な心の持ちようだ、と思ったりするような箇所が、次に掲げるように幾つか出てくる（正確な意味で言えば、それらの箇所が、良寛の土佐での所持本に入っていたかどうかは分からないし、文辞の相違も当然あったかも知れない。なお、以下に掲出する『莊子』の文章、訓読、大意等は、すべて金谷治氏訳注『莊子』第一冊〈一九七一年、岩波文庫〉に依拠したものである）。

I　逍遙遊篇　第一

a　惠子《けいし》、謂莊子曰吾有大樹《そうしにいいていわくわれにだいじゆあり》、人謂之樗《ひとこれをちよという》、其大本擁腫而不中繩墨《そのだいほんはようしようしてじようぼくにあたらず》、其小枝巻曲而不中規矩《そのしようしはけんきよくしてきくにあたらず》、立之塗《これをみちにたつるも》、匠者不顧《しようしやかえりみず》、今《いま》、子之言大而無用《しのげんはだいにしてむよう》、衆所同去也《しゆうのともにすつるところなりと》、莊子曰《そうしいわく》、子獨不見狸狌乎《しはそれりせいをみざるか》、卑身而伏《みをひくくしてふす》、以候敖者《もつてごうしやをうかがい》、東西跳梁不避高下《とうざいにちようりようしてこうげをさけざるに》、中於機辟《きへきにあたりて》、死於罔罟《もうこにしす》、今夫斄牛《いまかのりぎゆうは》、其大若垂天之雲《そのだいなることすいてんのくものごとし》、此能爲大矣《これよくだいたるも》、而不能執鼠《しかもねずみをとらうることあたわず》、今《いま》、子有大樹患其無用《しにだいじゆありてそのむようをわずらう》、何不樹之於無何有之郷《なんぞこれをむかゆうのきよう》・廣莫之野《こうばくのやにうえ》、彷徨乎無爲其側《ほうこうことしてそのそばにむいにし》、逍遙乎寢臥其下《しようようことしてそのしたにしんがせざる》、不夭斤斧《きんふにたちきられず》、物無害物《ものもがいするものなし》、無所可用《もちうべきところなくも》、安所困苦哉《なんぞこんくするところあらんや》、

（大意——惠子が莊子に言った、「私の所に大木があって人びとはそれを樗《おうち》と言うが、幹はこぶだらけで真っ直ぐな線が引けず、小枝もまがっていてコンパスや定規は使えないので、道端に立てておいても大工は振り向きもしない。貴方の話も同様で用いようがないから人びとはそっぽを向くのだ」と。それに莊子が答えた、「あなたは野猫や鼬《いたち》の様を見たことがないのか。身を低くして隠れていて出てくる獲物にねらいを付けて飛び跳ね、高い所へも低い所へも器用に動くが、結局は仕掛けられた罠や網にかかって殺される。から牛は空いっぱいの雲のように大きいが鼠は捕らえられない。つまり、物に合った用い方にすべきだ。あなたの所の大木は広々した野原に植えて、そのそばで無為のまま気ままに休み、その下でのびのび腹ばったりごろ寝をしたり何故《なぜ》しないのか。まさかりや斧で伐られることもなく、害が加えられることもない木だ。用いどころが無いからといって悩むことがあろうか。」と。——前出書三七～三八頁）

Ⅱ　斉物論篇　第二

a　大知閑閑《だいちはかんかんたり》、小知間間《しょうちはかんかんたり》、大言炎炎《たいげんはたんたんたり》、小言詹詹《しょうげんはせんせんたり》、大恐縵縵《だいきょうはまんまんたり》、小恐惴惴《しょうきょうはずいずいたり》、其寐也《そのいぬるや》魂《たましい》交《まじわり》、其覺也《そのさむるや》形開《かたちひらき》、與接爲構《ともにまじわりてこうをなし》、日以心鬭《ひびにこころをもってたたかわしむ》、縵者《まんなるものあり》、窖者《こうなるものあり》、密者《みつなるものあり》、

（大意――すぐれた知恵はゆったりのんびりしているが、世俗のつまらぬ知恵はこまごま穿鑿《せんさく》する。すぐれた言葉はあっさり淡白だが、つまらぬ言葉はつべこべ煩わしい。すぐれた恐怖はおおらかでこせつかないが、つまらぬ恐怖はびくびくおののくものだ。人は寝ているときは魂が外界と交わって夢にうなされるし、目覚めているときは肉体が外に開かれていて、そのために、互いの交際で面倒を引き起こし、日ごとに心の争いを繰り返す。おおまかのもあれば深刻なのもあり、細かいのもある。――前出書四五頁）

b　喜怒《よろこびいかり》、哀楽《かなしみたのしみ》、慮嘆《おもんばかりなげき》、變□《したいおそれ》＊1、姚佚《うきうきしきままにし》、啓態《ひらきかたちづくり》、樂出虛《がくはきょよりいで》、蒸成菌《じょうはきんをなす［がごとく］》、日夜相代乎前《にちやまえにあいかわるも》、而莫知其所萌《しかもそのきざすところをしるなし》、已乎已乎《やみなんやみなん》、旦暮得此《たんぼにこれをうるは》、其所由以生乎《そのよりてもってしょうずるところか》、非彼無我《かれにあらざればわれなく》、非我無所取《われにあらざればとるところなし》、是亦近矣《これまたちかし》、而不知其所爲使《しかもそのいしするところをしらず》、若有眞宰《しんさいあるがごときも》、而特不得其眹《しかもそのあとをえず》、可行已信《おこなうところはなはだしんなるも》、而不見其形《しかもそのかたちをみず》、有情而無形《じょうあれどもかたちなし》、百骸《ひやくがい》九竅六藏賅而存焉《くきょうろくぞうそなわりてそんす》、吾誰與爲親《われいずれをかしたしむことをなさん》、汝皆説之乎《なんじみなこれをよろこばんか》、其有私焉《それしあり》、如是皆有爲臣妾乎《かくのごとくんばみなもってしんしょうとなさんか》、其臣妾《それしんしょうは》不足以相治乎《もってあいおさむるにたらず》、其遞相爲君臣乎《それたがいにくんしんとあいならんか》、其有眞君存焉《それしんくんありてそんす》、如求得其情與不得《もとめてそのじょうをうるとえざるとのごときは》、無益損乎其眞《そのしんにえきそんすることなし》、

（大意――人の心は変化するが、なぜ変化するのか分からないのだから、くよくよするのは止めよう。他人との関係で起こる心の変化は、真の主宰者がいてさせているようだが、主宰者の形は得られない。人体にある骨、穴、内臓のすべてを愛そうとしてもえこひいきが起こる。そうなら、みな召使いと見なしても良いが、召使いだけでは治められなくなるのだから、主人が存在することになろう。＊1…□は、「執」の下に「心」。――前出書四七頁）

C

古之人《いにしえのひと》、其知有所至矣《そのちいたるところあり》、惡乎至《いずくにかいたる》、有以爲未始有物者《もつていまだはじめよりものあらずとなすものあり》、至矣盡矣《いたれりつくせり》、不可以加矣《くわうべからず》、其次以爲有物矣《そのつぎはもつてものありとなす》、而未始有封也《しかもいまだはじめよりほうあらざるなり》、其次以爲有封焉《そのつぎはもつてほうありとなす》、而未始有是非也《しかもいまだはじめよりぜひあらざるなり》、是非之彰也《ぜひのあきらかなるや》、道之所以虧也《みちのかくるゆえんなり》、道之所以《みちのかくるゆえん》虧《は》、愛之所以成《あいのなるゆえんなり》、果且有成與虧乎哉《はたしてなるとかくるとあるか》、果且無成與虧乎哉《はたしてなるとかくるとなきか》、有成與虧《なるとかくるとあるは》、故昭氏之鼓琴也《すなわちしょうしのきんをこするなり》、無成與虧《なるとかくるとなきは》、故《すなわち》昭氏之不鼓琴也《しょうしのきんをこせざるなり》、昭文之鼓琴也《しょうぶんのきんをこするや》、師曠之枝策也《しこうのさくをたつるや》、惠子之據梧也《けいしのごによるや》、三子之知幾乎《さんしのちはつくすか》、皆其盛者也《みなそのさかんなるものなり》、故載《ゆえにこれを》之末年《まつねんにのせ》、唯其好之也《ただそのこれをこのみては》、以異於彼《もつてかれにことなり》、其好之也《そのこれをこのみては》、欲以明之《もつてこれをあきらかにせんとほつす》、彼非所明而明之《かれあきらかにすべきにあらざるにしかもこれをあきらかにせんとす》、故以堅白之昧終《ゆえにけんぱくのくらきをもつておう》、而其子又以文之綸終《しかしてそのこまたぶんのりんをもつておえ》、終身無成《みをおうるまでなるなし》、若是而可謂成乎《かくのごとくにしてなるというべきか》、雖我亦成也《われといえどもまたなるなり》、若是而《かくのごとくにしては》不可謂成乎《なるというべからざるか》、物與我無成也《ものとわれとともになるなし》、是故滑疑之燿《このゆえにこつぎのかがやきは》、聖人之所圖也《せいじんのはかるところなり》、爲是不用而寓諸庸《これがためにもちいずしてこれをようにぐうす》、此之謂以明《これをめいをもちうという》、

（大意――昔の人の英知には最高の行きついた境地があった。それは何処かというと、もともと物などは無いと考える無の立場だ、至高かつ完全で、それ以上のことは無い。その次の境地は、物はあると考えるが境界を設けない物我一如の立場だ。その次の境地は、境界はあるとは考えるが、そこに善し悪しの判断を設けない等価値観の立場だ。以上が万物斉同の真の道に適った境地だ。善し悪しの判断がはっきりするのは、真実の道が破壊される原因であり、それはまた愛憎の出来る原因でもある。しかし、ここで「破壊」とか「出来る(＝完成)」と言ったが、はたして「破壊」とか「出来る(＝完成)」はあるのか無いのか。昭氏や恵子はその問題に気付かずに琴を引いたり、詭弁を弄したりして、何の完成も無かった。それにもかかわらず、琴の名手、弁舌の名手としてその状態を完成と言うのなら、この自分でさえも完成しているということになる。が、こんなことでは完成していないというのなら、自分も含めてすべてのものに、もともと完成は無いことになる。そんなわけで、無理に人にはっきり示して、人を幻惑するような輝きは、聖人の取り除こうとすることである。そのために、聖人は自分の判断を働かせないで自然さにまかせてゆくのであって、そういうのを「真の明智を用いる」と言うのだ。――前出書六一～六二頁）

d　予嘗爲女妄言之《われこころみになんじのためにこれをもうげんせん》、女以妄聽之矣《なんじもつてこれをもうちようせよ》、旁日月《じつげつにならび》、挾宇宙《うちゆうをわきばさみ》、爲其脗合《そのびんごうをなし》、置其滑涽《そのこつこんにまかせ》、以隷相尊《れいをもつてあいとうとぶ》、衆人役役《しゆうじんはえきえきたるも》、聖人愚芚《せいじんはぐとん》、參萬歳而一成純《まんさいにまじわりてせいじゆんにいつたり》、萬物盡然《ばんぶつことごとくしかりとして》、而以是相蘊《しかしてこれをもつてあいつつむ》、

（大意――俺がお前のためにでまかせ話をしよう。お前もいい加減に聞くといい。太陽や月に肩を並べて宇宙を小脇に抱え、万物を一つに合わせて混沌のままとし、賤しい者を尊んで貴賤の差を無視してゆく。そうすると、一般の人びとはあくせく努め励むが、そのようにする聖人は、愚鈍で、千万年の推移の中に身を置きながら、完全な純粋さと一致している。万物はすべてあるがままにあることになり、聖人はそうした立場ですべてを包み込むのだ。――前出書七九頁）

右に引用した箇所の中では、おそらく最初に読むことになったはずのIのaは、良寛自身の中に社会人としての資質に欠けるところがあって、その他の能力を生かしつつ生きるために出家に至ったことを思い返させただろう。さらに、禅僧としての本道を行くという思いで修行してきて今の姿となったのだが、やって来た道を振り返ってみると、やはり、寺院の経営者たる住職としての資質にも欠けていたのが見えてきて、「この道しかなかったのだ」と思ったことだろう。そして、自分は禅僧の本道を進んできたと思いつつ帰郷してみて、世の人に無用の者と見られることの多いかった道、しかし、それを今まで続けてこられたのは、唯一、國仙が印可の偈で大きく肯定してくれていたのが支えだったのだ、とも、思い返したことだろう。

そんな良寛が、今、無用の大木が、無用であるがゆえに用い方によっては有用でありうるのだ、とする『荘子』の言葉に出会って、國仙が印可の偈で認めてくれた以後においては、「これが初めて」という得がたい勇気――自分の道には普通の禅僧とは異なる意味での努力のしがいがあるのだ、という思い――を得たのではなかったか。

そして、そのことを基礎において、「この後、その努力しがいのある道を進むためには、まず当面の困難を乗りこえねばならないが、それにはどうするのが良いのか」と具体的に考えることになっていったのに違いない。ちょうど

そんな思いに至った頃、Ⅱのａに読み進んでゆけば、國仙の言う「閑」と繋がる「大知」が表していることは何か、とまず探り考えただろうし、自分の中にこれまで凝り固まって存在した「つまらぬ知恵」も身に染みて知ったことだろう。

Ⅱのｂに至ると、我が心に変化をもたらす「主人」とは何か、「主人」は何処からどのようにして現れるのか、と自分の経験に立ち戻って、折々に生じた我が心の動きを思い返し、どのような場合に「主人」の指示がはっきりした形になるのか、逆に、どのようにしてゆけば特別な指示が起こされず、穏やかなままでいられるのか、などと考えたことだろう。

Ⅱのｃの箇所で言われている「聖人は自分の判断を働かせないで自然さにまかせてゆく」という姿は、これまでの禅修行と共通の側面を持ち、「人の生けるや直し」とも大きく重なるもの、と感じただろう。そして、次のｄで、自然さにまかすと、「賤しい者を尊んで貴賤の差を無視してゆく」ことも自ずと実現されると暗示されているので、ｄでは常不軽菩薩の行いや「お接待」の場面での上下のない状況——その場面での伸びやかな人びとの姿をすぐさま思い起こしたに違いない。そして、「賤しい者を尊んで貴賤の差を無視してゆく」というのが『荘子』の説く聖人の行為なら、その方向をもう一歩進め、托鉢行も含めたあらゆる場面において「あらゆる人びととせいぜいで対等、むしろ、すべての人の下に位置する心がけを持とう」と思い定めたのではなかろうか。

客観的に振り返ってみると、生家近くにいる僧がその近くの家々を托鉢に廻れば、その家の者が「托鉢して廻って他家に迷惑をかけるのを止め、生家に行って食べさせてもらえ」と言うのはむしろ当たり前、ということになる。家々ごとにそのことを言う人びとの、その荒々しい言葉に耐えて、言われても言われても廻り続けてゆけば、やがて何時かは「あれだけ言ってもなお廻ってくるあの禅僧の托鉢には、食を得るだけではない何か特別の意図があるのかも知れない」と思ってもらえるかも知れない、そのことが大切なのではないか。——そう思ってもらえるまではひたすらの忍耐、これが本当の忍辱《にんにく》行だ、と、土佐の地で自得したのに違いない。

そしてさらに、自分を知る家々で我が乞食行を迷惑と思うものならば、その人びとの思いに副う、迷惑にならない乞食行の仕方はないものか、と考え、寺社の賽銭箱のように町中にただ立って自発的喜捨のみを受ける乞食行の仕方があると考えついたのだろう。このやり方の乞食行が一番困難なのは、知り人が一人もいない初めての土地のはずだから、おそらく良寛は土佐で試みており、「お接待」の思いのあるその地の人びとの喜捨を受けて、そのやり方の乞食行に手応えを感じたのではなかろうか。

ウ　自得後の良寛

右のように考えてみると、良寛にとって「一番大事なこと＝本尊様」とは「これからも越後で修行を続けてゆくにはどんな心がけが必要なのか」ということだったと判明する。その自らの問いに良寛の出した答えは、『荘子』の考え方を我が経験に照らしてさらに一歩進め、「他人の下に我が身を置く」ことこそ大切、という心の持し方であって、それが後の良寛の生き方の原点となったと考えられる。したがって、良寛にとって土佐での数ヶ月は、正に後の生き方を決めてゆく大事な期間であったことになる。

前に「本色行脚僧《ほんじきはあんぎやのそう》」で始まる漢詩は、文化七、八年(一八一〇、一八一一)頃の良寛にとって大切な決意の一つだったから、その頃に編まれた『草堂集貫華』に収載した、と記したが、四国行脚で得た右のことは、その決意以上に実際の実りとして重要だったはずだから、それは当然『草堂集貫華』に収載されていなければならない。そう思って見てゆくと、その実りを詩的表現によって暗示しているらしい、次の漢詩が見えてくる。

三界冗冗事如麻《さんがいじょうじょうとしてことあさのごとし》

非適今兮自古然《いまにてきするにあらずいにしえよりしかり》
渾為一句不了却《すべていつくをりようきやくせざるがために》
百年無端疲往還《ひやくねんはしなくおうかんにつかる》
経数名相不永返《きようはみようそうをかぞえてながくかえらず》
禅執寂静竟難遷《ぜんはじやくじようにしゆうしてついにうつりがたし》
因憶洞山好言語《よつておもうどうざんのこうごんご》
出門即是草漫漫《もんをいずればすなわちこれそうまんまんたり》(六七)

このうち、「疲往還《おうかんにつかる》」は自分があれこれ思い悩んできたことを言い、「不永返《ながくかえらず》」「竟難遷《ついにうつりがたし》」は経文の理解や座禅による自己浄化だけでは仏道の本旨は得られないことを言っている。「人の生けるや直し」に生きる良寛がそう言って憚らないということは、その段階を良寛が突き抜けていた、良寛独自の考えを持つに至っていた、ということを表している。

最終句に洞山の「出門即是草漫漫《もんをいずればすなわちこれそうまんまんたり》」という問いかけの語を言っていることから考えると、良寛が独自の考えに至っていたことはさらに明確となる。この洞山の語を平たく言えば、「寺門を出ると、いろいろな考え方の人に取り巻かれて生きることになる。さてお前はどうするか」ということであろう。谷川氏の脚注によると、それに石霜は「門を出ずれば便ち是れ草」(「寺門を出ると自分もまた〈僧という特別な存在ではなく〉一人の人間に過ぎない」の意だろう)と答え、大陽は「門を出ざるも亦是れ草漫漫地」(「寺門を出なくても、そこにいる者は〈僧という特別な存在ではなく〉すべてが一人の人間としての存在だ」の意だろう)と答えていた。

良寛はそれらを踏まえ、そのうえに自分自身の直接経験を重ね、我が心の変わりやすさも考慮して、人びとすべてに等しく、かつ、誰にも正しく対応するには、『荘子』中の「聖人」のようであるべきであり、しかも、世間の有りようを知った者として上から見てそうするのではなく、「草漫漫」は「草漫漫」としておくような、判断をしない立ち位置を守るのがよい、と故郷で修行を続けるための方向を定めたのであろう。その定まった心で洞山の語を見ると、まさしく「好言語」（「人間なら、誰もが考える必要のあることを考えさせる、そのきっかけとなる良い言葉」の意）ということになる。この漢詩での「好言語」の語の使用は、そのような仕方で良寛が我が心の有りようの定まったことを表現したものであろう。したがって、この漢詩は、右で具体的に記してきた良寛のそれ以後の生き方の決定状況を、良寛自身が後日のために記したもの、ということになろう。

良寛が『荘子』をきっかけにして会得した心の有りようは、その後の四国行脚において、その正しきを検証しなければならなかっただろう。自分のその心の持し方が他の人から見て好ましいものかどうか、確認する必要があったに違いないからである。そして、それが自分の心の持ちよう、自分の生き方の方向のことでもあり、厳しい環境の故郷で通用するかどうかという側面もあったのだから、当然、相当の長期間、それも、慎重に我が心の姿を見つめることになった、と想像される。

そうすると、この漢詩に用いられた「草漫漫《そうまんまんたり》」の語は、おそらく長期の検証期間のある時点において、眼前の風物として見えた漫々たる草が、洞山の言葉を呼び出したもの、と考えられるし、この漢詩の詠じられたのは「草漫漫《そうまんまんたり》」の夏ということにもなる。ただ、土佐という土地柄からいうと、越後とは異なって秋に入ってもなお「草漫漫《そうまんまんたり》」だろうから、漢詩創作時点は秋にかなり入っていたかも知れない。

次の漢詩は、詩句に「思郷国《きょうこくをおもう》」とあって、旅の途中での詠とはっきり分かる。

中秋賞月《ちゅうしゅうつきをしょうす》

今夜《このよ》月色《げつしよく》白《しろく》
烏鵲《うじやく》驚《おどろき》叫《さけぶこと》滋《しげし》
声《こえ》悲《かなしくて》思郷国《きようこくをおもう》
不知《しらず》何《いずれの》処《ところに》依《よるかを》(四四七。結句の読みを一部変更)

この詩の転句で良寛が言う「思郷国《きようこくをおもう》」は、漢詩によく見られるところの、中秋の明るい月を眺めてその美しさに今の苦境を忘れ、つい、父母、兄弟のいる故郷をなつかしく思い出した、という内容ではない。良寛が承句から「思郷国《きようこくをおもう》」の直前にかけて詠じているとおり、「明るさに驚き叫ぶ烏鵲の鳴き声が多く聞こえ、その鳴き声が自分には悲しく思われて」、そのために郷国を思ったのである。しかも、その声ですぐさま想起したのは「郷国」だったのだから、良寛が思ったのは故郷の人びとの自分に向けた「驚き叫ぶ」声だった、ということ以外にはない。

しかし、表題には「中秋賞月《ちゆうしゆうつきをしようす》」とのびやかに言い、結句では「今夜、何処に身を寄せて泊まることになるのか分からない。（が、それで良いのだ。）」として、今、悠々たる心情にある良寛の姿を考えると、心の奥には、故郷での「驚き叫ぶ」声をもはや問題にすることもない、はっきりした心の持ちようを獲得していて、ある種の自信が存在するようになっている様がうかがえる。――そうすると、この漢詩の旅はやはり四国行脚であって、中秋の名月の頃は四国にいた、ということになる。その後、良寛は越後までの旅日数約四十日、越後に着いてからの越冬準備期間等を見込んで四国から帰っていったのであろう。

以上の見方に立って言うならば、土佐で読んだ『荘子』に触発された良寛は、その地において自分自身で心の中に後の我が日常の心の持ち方についての原点を据えた、ということになろうし、土佐での良寛の姿を後世に伝えた近藤萬丈は、良寛が以後の生き方の原点を据えゆくのを実地に見た、ただ一人の証言者ということになる。

四　「関西紀行」中の「常住寺」と「はこの松」はどこにあったか

はこの松は常住寺の庭にあり。常住寺(は)太子の建立也。家持の歌に、

けふははやたづのなくねも春めきてかすみにみゆるはこの嶋松

(加藤僖一「新発見も含む『幻の書』良寛の関西紀行」〈『良寛』二十一号《一九九二年春季号、考古堂書店》〉中の墨蹟写真による。翻字は引用者。句読点と「は」補入は加藤氏説を継承。)

良寛の「関西紀行」と言われる遺墨の一つに、右の二行の書かれた一・七センチ巾の一紙がある。これは、高野山、吉野山、須磨でのことともに一枚の紙に記されていて、それが分割されたものだった。高野山以下三箇所に書かれているのは、いずれも寛政三年(一七九一)八月から翌春にかけて良寛が旅した時の経験または感想である(この良寛の旅については『良寛の探究』「帰郷前の和歌、俳諧と『関西紀行』」を参照)。そうすると、右の「はこの松が庭にある常住寺」も、その旅で良寛が立ち寄った、または、そこで野宿した所ということになる。そして、その場所での経験を記すために右の二行を書きはじめたのだから、この「常住寺」でも、高野山以下三箇所に並ぶような、良寛にとって意味深い何かがあったのだろう。その場所はいったい何処で、何を書こうとしたのか——それを以下に考えたい。

ア　これまでの説と考察の発端

この良寛遺墨を発見された加藤僖一氏が、右二行の引用元でもある前出論文において、「まだまだ解明しなければならない問題点を含んではいるが…」としつつ説いておられるところを箇条書きにしてみると、

①「はこの松」は『土佐日記』に、

たまくしげはこの浦波たたぬ日は海をかがみと誰か見ざらん

があるので、大阪府箱作村海岸の松だろう。

②ここに言う「常住寺」は京都市西京区山田開キ町にある浄住寺（常住寺とも書く）であろう。

③京都のこの常住寺が聖徳太子建立だという歴史的事実は聞いたことがないが、良寛がそう信じて常住寺を訪ねたとすれば大事件である。法華経によって聖徳太子と良寛がダイレクトに結びつくのは、当然すぎるほど当然といえよう。

④「けふははや…」の和歌は、良寛の言う大伴家持の作としては見つからないが、類歌に従二位行家卿の、

けふは又たづの啼く音も春めきて霞にけりなかこの島松

があり、それは『夫木集』巻第二十三にある。

の四項目になる。しかし、この論文には「境内に○○という松がある」とか「松があった」と書かれていない。そこが、少し気になっていた。

ところが、ようやく最近になって「常住寺」の紙のツレには「関西紀行」の須磨、高野山、吉野山があるのだから、それは、寛政三年（一七九一）八月から翌春にかけての旅と時期は限定されるし、地域も圓通寺よりは東の方、滋賀県と三重県を結ぶ線よりは西と限定されるということに気がついた。そして、この範囲の中に、通説で言う京都の常住寺以外に、「はこの松」の存在する、または、過去に存在した常住寺という寺が他にありはしないか、と考えるよう

になった。

その範囲で「常住寺」を探し、「はこの松」を探すというような漠とした問題の場合、インターネット上で検索すると入り口が見つかりやすい。そこで、この問題もそのやり方で入ってゆくこととして、県別にローラー作戦を展開し、

三重県伊賀市永田町二三七八　天台宗　常住寺
兵庫県加古川市加古川町本町二二四―七　曹洞宗　常住寺
岡山県岡山市門田文化二―七―一九　天台宗　常住寺

の「常住寺」三ヶ寺を見つけた。さらに、この三ヶ寺個別の情報で松の有無を調べると、加古川市の常住寺にだけは、「加古の松」と呼ばれて広く名の知られた大きな松が江戸期後半にあった、と「ひろかずのブログ」で知った。この場所なら、良寛が「立ち寄った、または、野宿した所」と考えて、少しも矛盾は生じない。そうすると、この常住寺の地元では、そこが「良寛の来た寺」と認識している可能性もある。そんな場合には、現代ではネット上に情報の出ているのが普通である。そこで、探してみると、次のようなA、B二本の論が目に入った。

A　ＮＰＯ法人加古川緑花クラブ「日岡山公園Ｆａｎ日岡山展望台より(第三十七回)加古川宿界隈を歩く⑧―鹿児(かこ)の松の歌碑―」

常住寺境内に、大きく深彫りした「鹿児の松」の文字が目に入ります。横面には「けふはまた田鶴の啼音も春めきて霞みにけりなかこのしま松」と刻む歌碑が建っています。

寺院(引用者注―常住寺をさす)は(中略)同(引用者注―昭和の年号をさす)二十六年までは寺家町(じけまち)の総合福祉会館の敷地にありました。(中略)寺家町から引越する前の同一〇年ごろに二代目を切り倒したとき、歌碑を建立したようです。

歌の作者は、碑面に名前が刻まれているので新宮十郎行家だといわれています。橋本政次著『播磨古歌考』の中でも「古歌集」「松葉名所和歌集」にあると紹介しています。江戸時代に記された『播磨鑑』には「源平盛衰記によると、室山合戦のとき、この松に(十郎行家が)腰を掛けた……」とあるものの、歌までは載っていません。『加古川市誌①』には、補足する形で「腰掛けて歌を詠んだことなどが寺記に伝わっている……」としている反面、『源平盛衰記』などの諸本にはこれらの記述はない、とも市誌は指摘しています。

宝暦八年(一七五八)新潟県出雲崎で生まれた良寛さんは、幼いころから学問に親しみ二十二歳で岡山県の玉島・円通寺で仏道修行に励みました。三五歳ころには出雲崎へ戻り、以後も何度か通っています。良寛旅日記断簡・紀行「はこの松」の中に同じ和歌が記されているのですが、奈良時代の歌人「大伴家持(やかもち)の作」や「かこ」ではなく「はこ」となっています。メモ書きであったかも知れません。前後がありませんので、どのような経緯で記されたのかは分かりませんが、街道を通る多くの旅人の眼を惹いたのでしょう。

初代の大きさについて、市誌には「高さ三丈二尺、太さ三丈一尺、東西二十一間、南北十八間」は一〇mほど南を走る西国街道まで枝を伸ばしていた、と紹介しています。鎌倉時代の嘉禄年間(一二二五~六)の洪水のときには七堂伽藍(がらん)は流失してしまいましたが、「鹿児の松」と共に本尊や脇立(わきたて)《ママ》はこずえに引っかかっていました。「鹿児の松」は『播州名所巡覧図会』《ママ》や『高砂尾上紀勝余韻』など、江戸時代の数多くの書物に登場しています。当時の松は初代と思われますが、二代目と交替した年代は明確ではありません。

20140601 岡田功(加古川史学会)

(以下略)

（この文章の引用元は横書きで算用数字を用いているが、ここでは縦書きにあわせて、それらを漢数字に直した。ママは引用者）

B

『朝日新聞』二〇一六年十一月二十九日付朝刊　播磨・1地方　二十八頁掲載「（はりま歴史探訪）加古松と良寛　紀行連想、香るロマン」（以下に掲げるこの新聞記事は、最初に小川宗俊住職の案内によって、行家の和歌を刻す「鹿兒松」の碑のことを記し、次いで、常住寺の草創と鎌倉期の洪水、江戸初期の堂宇再興、戦後の二度の引っ越しにふれ、さらに、碑のもともとの所在地のことを書いているが、その部分に相当する記事前半を省略。以下の引用箇所中の算用数字は漢数字に改めた。）

加古松は、江戸時代に出版された「播州名所巡覧図絵」に常住寺の境内いっぱいに枝を伸ばす姿が描かれている。蜀山人の別名で知られる江戸の文人、太田南畝（なんぽ）が訪れ、「高さ三丈三尺、東西二十一間、南北十八間」と記している。高さ一〇メートルの幹から三〇～四〇メートルの枝を広げていたことになる。

この松をめぐっては、近年、江戸後期の僧侶、良寛（一七五八～一八三一）も目にした可能性が指摘されている。

数年前、小川住職が研究者から問い合わせを受けたことを聞いた加古川史学会代表の岡田功さん（六四）は、良寛の出身地とされる新潟県出雲崎町の良寛記念館を訪ねた。良寛が「者古（はこ）の松は常住寺の庭にあり」などと記したうえで、新宮十郎行家のものに似た和歌を記した紀行文の断簡が存在することを本間勲館長から確認した。岡田さんは「加古の松のことではないか」とみて、ブログや著作で経緯を紹介した。（この記事は、次に記者の取材を受けた良寛研究家・冨澤信明氏の談話を記して終わっているが、その箇所を省略。）

これらの管見に入ったわずかな範囲で言うと、加古川市の常住寺と良寛遺墨中の「常住寺」を結びつけて考えた地元での研究者は岡田功氏である。氏のご見解公表は、Aにもある二〇一四年からで、Bはそれを受けて、その二年後の二〇一六年に掲載された。ただ、この新聞記事はその性質上、Aの内容を踏まえて書かれたもので、Bの筆者独自の見解が記されているわけではない。すなわち、AもBも「加古川市の常住寺には『加古の松』があった」という点が良寛遺墨の記述内容(冒頭掲出二行の内容)に似ている、どうも関わりがあるのではないかと思われる、というレベルで終わっている。この段階から確実性をいっそう高いものにするにはどうしたらよいか。

イ 「良寛は加古の松のある常住寺に来た」を確定させる方策

およそ、良寛の研究においては、何時《いつ》書かれたものかが書き入れられていない遺墨を前にして、その「何時」を手探りし、時間的にも空間的にも周辺状況と何の矛盾も無く繋がるのはどこなのか、と考えてみる視点が最も重要なポイントとなる。今、ここで取り上げた「良寛の記した『はこの松』と『常住寺』はどこにあるのか」というテーマも、実は、その視点だけで調べを推し進めるべきことかと思われる。それは、良寛が旅に出た寛政三年(一七九一)当時はまだまったくの無名で、良寛以外の誰かが「良寛が来た」と記したり、そうした信用できる言い伝えが出来たりするのは、偶然が幾つも重なってでもこないかぎり、あり得るはずがないからである。

そうすると、ともかく、松の名前は良寛の記述とは一致しないが、この加古川市の常住寺が良寛記述の寺として見た場合に、もろもろの点で矛盾が生ずるか生じないかを検討してみる、ということが大切となる。例えば、その松の名前において、良寛遺墨は明らかに「はこ」であり、加古川市の常住寺のは「加古」だが、ともに加古川市の常住寺にあった松を言ったのだとすると、その違いの生ずるもとになったところの何か特別な理由や状況が、良寛の側にあったはずで、その「何か特別の理由や状況」は松の名前だけでなく、同時に、他にも何か別の差異を引き起こしている可能性もある。したがって、もし、この良寛の記述が含むすべての違いや矛盾点が「何か特別の理由や状況」で説明できるのなら、その「何か特別の理由や状況」が良寛の身に実際に起こっていたのであり、その「何か特別の理由や状況」がこれまで良寛研究者が明らかにしてきた良寛の動きに合うなら、良寛は加古川市のかつての常住寺に行ったことになるはずである。逆に、その探索の途中で何か矛盾が生ずるようなら、その矛盾がどんなに些細なことであっても、良寛の言う「はこの松」も「常住寺」も加古川市のものではない、と認定する方が良いことになる。

右のような推論の仕方で進むとすると、加古川市寺家町にあった頃の常住寺や『加古の松』の記録と、良寛の書いた二行の内容を比較してみて、どんな相違があるか、どんな疑問が湧くかを最初に摑んでおかねばならない。そこで、それら問題点を残らず挙げてみると、以下の四項目となる。

1 加古川市の常住寺にはどんな名前の松があったのか。その名前は「はこの松」と書かれうるようなものだったのか。

2 加古川市の常住寺は、太子の建立なのか。

3 「けふはけや…」の和歌は、良寛の記したとおり大伴家持の作なのか、それとも従二位行家卿の作なのか。もし、従二位行家卿の作なのに「家持の作」と良寛が書いたのなら、その書き誤りの生ずる状況は、実際にあり得るどんな状況なのか。

4 良寛は「けふはけや…」の和歌をどのようにして知ったのか。その和歌は、『夫木集』収載の和歌とどう繋がるのか。

これら四項目が、良寛の動きや往時の加古の松、常住寺の姿に合致し、しかも、それらの照合過程で矛盾を生ぜず、良寛の誤認等も有りうべきこととされる範囲内で過不足無く説明できるならば、良寛は、播州加古(現・加古川市寺家町)の地にあった常住寺に行き、その折のことを紀行文の一節に書こうとしていた、と認められるのではないか。以下、1の項目から順次、検討を加えてゆきたい。

ウ　問題点1の、松の有無とその名前について

良寛遺墨と加古川市の常住寺の状況を比較した場合に上げられてくる右の四項目の疑問点のうち、最も重要なのは1である。このうち、「この寺にどんな名前の松があったか」については、『播州名所巡覧圖繪』(序文の日付に「享和の三とせといふ年の長月の下の五日」とあるところから翌文化元年〈一八〇四〉の刊とされる。この版本は、柱に書名、巻数、丁数を記していない。以下の丁数表示は表紙の後の目録二丁分を含む)巻之三の九丁裏に「加古松《かこのまつ》」の図がある。この図は、左頁相当の十丁表「加古渡《かこのわたり》」図と見開きになっていて、それぞれ絵の眼目は別なものになっているが、二つの絵図は中央で繋がっていて、見開きで大きな一枚の絵図に仕立ててある(井口洋校訂『播州名所巡覧図絵』〈昭和四十九年、柳原書店刊〉では、「加古松《かこのまつ》」の図は二一二頁に掲載)。この見開き右半分の絵図には、寺の本堂、庫裏、鐘楼、禅堂と、山門を築地塀で囲った広い境内の真ん中、やや山門に近い所に、途中からY形に主幹が分かれ立つ大きな松が描かれ、その松のすぐ上には四角で囲んだ「加古ノ松」の表示がある。本堂上方にも同様に「常住寺」とある。このことからして、この書籍の版木が彫られた享和年間には、現・加古川市寺家町の常住寺旧境内地には、確かに「加古の松」があったと分かる。

この「加古松《かこのまつ》」の絵図を詳しく見ると、常住寺境内の手前、つまり、絵図の下の方には右から左へ大きな通りが通じている。それは、左の「加古渡《かこのわたり》」のはるか下方を通っており、その左は、当時の加古川の渡し場か、橋があったなら、その橋に通じているつもりなのだろう。道の両側には隙間無く家が並び、道を通る空《から》の籠や天秤で物を担いでいる人びとが描写されているから、その道が西国街道(加古川バイパスが出来る前の国道二号線)だったのに違いない。「常住寺」の境内には松の見物人が四人描かれ、向かい合うように描かれた二人の人物が、ともに両手を広げていて、松の大きさに驚ろく様が描かれている。

なお、この絵の箇所の少し前の七丁裏三行目(井口洋校訂『播州名所巡覧図絵』では二一四頁五行目)には「薬王山《やくわうさん》常《じやう》住寺《ぢうじ》 寺家町／にあり(寺の所在記入は二行の割り注。／は引用者の入れた改行符号)」とあり、次の行には「加古驛并ニ《かこのゑきならび》加古《かこ》乃松《まつ》」の項目もある。が、その項目の記述内容は「加古驛《かこのゑき》」についてだけで、「加古の松」については、来歴やその松を詠んだ和歌等、書かれるはずのことは何も記されていない。おそらく、表題には掲げてみたものの、書けるようなことを集め得なかったのであろう。

では、常住寺のあった地域一帯はどんな様子だったのか。『播州名所巡覧圖繪』に右に次いで出てくる「加古島《かこノしま》」「加古湊《かこのみなと》」「加古渡《かこのわたり》」の項目内容に副って記すと、享和年間には、ほぼ現代に近い地形だったらしいが、それより以前には、常住寺のあった寺家町付近は、川の東方向に何㌔も広がっている低湿な河川敷の中の一つの広い島であったらしい。そこはおそらく、播磨灘の波が寄せて作った、今の高砂市から明石市まで続く砂丘の連なりの西の端に当たっていて、島にもなりやすかったのだろう。明石から加古川河口に近いこの島に続く砂丘の上を西国街道が通っていて、その道の北側に常住寺はあったらしい。『播磨鑑』所載の宝暦十二年(一七六二)の地図には、常住寺の建てられた島の東側にも北東側にも島があるが、それらはいずれも「加古島《かこノしま》」と称されたものらしく、どの島も「小高き嶋山の松樹《せうじゆ》繁く生《お》ひたちたる所」、「古歌《こか》に鶴千鳥《つるちどり》月などを松原越《こし》に見聞《けんもん》せし所」であったという。その状況からみて、もっと古い時代から常住寺境内の「加古の松」が「かこの島松」とも言われ、従二位行家卿の和歌に詠まれることになったと納得される。

なお、西国街道に並行して、その三～四㌔南西側に、播磨灘に面するもう一つの砂丘の連なりがあって、そこに浜街道と言われる道が通っていた。その浜街道沿いには、東から西へ別府住吉神社、浜の宮天神社、尾上神社、高砂神社が点在していて、それぞれに今も著名な松が存在する。それゆえ、この浜街道は「めいしょ道」とも言われたという。

後述することだが、もし、良寛が初めて圓通寺に赴いた時に、國仙とともに常住寺の「加古の松」を見ていたなら、寛政三年(一七九一)から翌年にかけて旅する以前に一人で越後の大而宗龍の許へ請見に出かけた折等には、「めいしょ道」に並んでいるという、もっと大きな、もっと有名な松を見ようとした可能性も無しとはしない。

なお、1の問題点の後半については、後のオの項目中に記すことにする。

エ　問題点2の、常住寺は聖徳太子の建立かどうか、について

この疑問に関しては、常住寺においてどう伝わってきたのかを知らねばならない。そこで、『加古郡誌』(大正三年、兵庫県郡役所編)の常住寺の箇所(三九〇～三九二頁)を見ると、次のようにある。以下がその全文である。

曹洞宗　薬王山常住本《ママ》　本尊薬師如来

〔縁　起〕

抑當寺は、人皇三十二代用明天皇の御宇、聖徳太子の草創なり。本尊薬師如來脇立日光竝十二神將何れも太子の御作なり。靈驗不思儀《ママ》の尊縁にあまねく知る所也。其時は三論法相華嚴律四宗兼學して定慧具是の住僧扉を開て、寺領幾多ありけん測り難し。

人皇三十四代推古天皇の御宇、當國五ケ庄の井堰起行の初、當寺に會議し、本尊に祈誓せしに、井堰成就して永代不易の良田となる。是により、當時、大破造作の砌は五ケ庄より米穀人夫を出し、助力をなす事、今に至りて絶ずといふ。

七十四代鳥羽院の御宇、従三位季房卿播磨守に任じ、加古郡に居給ふ。今の古大内村舊跡なり。天永三年の頃、白旗一流天より下りしと不思儀《ママ》の靈夢を蒙り、禮拜恭敬し、赤穂郡赤松庄に移り、白旗城と名く。赤松村舊跡也。代々繁昌しければ當寺に八百石を寄附し給ふ。

八十二代後鳥羽院の御宇、元暦元年新宮十郎行家在陣し、當寺の境内にて諸軍勢を指揮し、庭の松に腰をかけて詠める歌に、

けふはまた田鶴の啼音もはるめきて霞にけりな加古のしま松

それより室山合戦に趣かれし事、源平盛衰記に詳なり

八十五代後堀川院の御宇、嘉禄年中大洪水氾濫し、甍を並べし堂塔一宇も殘らず流うせ、異國より傳へ來りし種々の寶物其他綸旨院宣歴代の記録御朱印御教書古筆名畫悉く漂流して底の水くづとなる中に此藥師如來日光月光十二神將ばかり松の梢に留りて光明赫々たれば、迎へ奉りて崇敬しけるより影向乃松とも名づけたり。

百四代後土御門院の御宇、應仁年中の兵亂より寺僧四方に退散し、甍破れて霧不斷の香を焼き、扉落て月常住の灯を挑ぐ。其頃、諸方の城より落ち來りし諸士、此所に集り住居しければ常住寺の寺家町と名づけたり。

元和年中、東照太神君より寺領四石を寄附なし下され今に續きたりき。

因に、新宮十郎行家の腰かけたる松は、所謂一代の鹿兒の松にて、松の高さ三丈二尺、太さ三丈一尺、東西二十一間、南北十八間の巨木なりしと傳ふ。現時の鹿兒の松は即二代目のものなりといふ。

(ここでは、昭和六十年、臨川書店刊の復刻版に拠ったが、これは大正三年刊本の覆刻本である。引用にあたっては、段落構成を引用原本のままとし、原本に使用された旧字体漢字を可能な限り用いた。傍記の「ママ」や句読点は引用者。「縁起」の本文の一行目にある「本《ママ》」は、「寺」の異体字の誤植だろう。なお、この「縁起」には「鹿兒の松」と書かれているが、この小文では、この後も「加古の松」と記す。)

これによると、記録の確実性を裏付ける原資料は大洪水で流失して存在しないものの、明らかに寺では「聖徳太子

の草創」と伝えている。良寛の記述は、この常住寺の「縁起」に拠っているに違いない。しかし、もし、「縁起」以外に「常住寺は聖徳太子の草創」と伝える資料があったとしても、良寛がそれらを用いて「常住寺の開基は誰によるとするのが正しいのか」を論じようとしていたとは思えない。遺墨においてまず松のことを言い出し、また、松を詠んだ和歌を引用していることからみて、ここでの主題は松関連のことということになろう。したがって、「常住寺(は)太子の建立也」は、良寛が常住寺の歴史の長さ、ひいては松の生き来た長さを示すために、見たか聞いたかした「縁起」の一部分を書き止めたということなのだろう。

オ　問題点3、4の、和歌の作者名と歌語の違いについて

エの点検結果からみると、良寛は常住寺の「縁起」に拠って、遺墨の文章を書きはじめたと判断される。そうすると、この「縁起」に和歌の作者名が「新宮十郎行家」とあることからみて、、良寛記述の「家持」は、良寛の方になにがしかの誤りを想定しなければならなくなる。どうすると誤りが生じ、どうすると誤りが生じないか。それを具体的に言えば、良寛が『夫木集』巻第二十三や、書かれた常住寺の「縁起」を見て引き写したのなら、作者名や和歌中の語に誤りは生じない。では、書き写しではないとすると、それらの知識はどのようにして得られたのか。良寛の書いている内容がすべて「縁起」の中にあることから考えても、その「縁起」を聞いて書いたことになる。それを良寛が誤って書いたのに違いない。

良寛が聞いて書いたという証拠はもう一つ、「かこ」を「はこ」としているところにも見出せる。良寛は出雲崎で成長して中越地方のアクセントとイントネーションを身に付けていた。したがって、「加古の松」「かこの島松」と言う時、「か」は「こ」に比べて強くて高く発音されることに耳も頭の回路も慣れている。ところが、関西ではその逆、「こ」が「か」に比べて強くて高く発音される。それゆえ、良寛には、弱く低い「か」の発音が強く高いはずの

「か」の発音には聞こえず、「は」程度に聞こえたのだ、と考えられる。このことからみて、1の後半の問題については、自然に生じた聞き誤りと判断して良いと思われる。

では、良寛は寛政三年（一七九一）の旅の往路、または、翌年の復路のどちらかに、常住寺住職から寺の「縁起」を聞き、それを書き誤ったのだろうか。それは否だろう。今、常住寺に立ち寄って、目の前でじかに住職の説明を聞いた後で、そう時を移さずに冒頭掲記の二行を書いたのなら、「新宮十郎行家」または「行家」を「家持」と書くはずがない。「縁起」を熟知しているはずの住職もそんな間違いを犯すはずがない。また、自分と同じ曹洞宗の寺であっても、良寛が修行上、常住寺の住職からその寺の縁起を聞き出す必要があるとも思えない。では、どんな状況でなら、このような歌人名や歌語の誤りが生ずるか。

「縁起」の記録内容と異なる「家持」「はや」「みゆる」の混入は、かつて良寛が聞いて知っていたことのうち、決して忘れてはいけないという部類のことではなかったものの中から、今では少しうろ覚えになってしまっていたのを思い出しながら書く、という時のみに起こる。それも、「行家」「家持」のどちらにも「家」が入っていて、「あの時の住職の説明は『家持』だったかなぁ、別な『家○』という人だったかなぁ、待てよ、『○家』だったかも…」というような、そんな思い出し加減の時のみに起こる。そんな、おぼろげな記憶状態だった場合には、「又」が「はや」に、「けりな」が「みゆる」に変わってしまうこともあり得ることだろう。実際、この和歌の場合、良寛の書いた「はや」「みゆる」のほうが、むしろ春のおだやかな雰囲気にふさわしい歌の姿かと思う。良寛は住職の語る「縁起」を聞いて以来、「新宮十郎行家」の加古の松についての和歌そのものを印象深く心に温め続けていて、その結果、自然と心の中で「はや」「みゆる」に定まってきていたのではなかろうか。

また、冒頭二行のツレの紙に書かれている高野山、吉野山、須磨の記述内容は、寛政三年（一七九一）八月から翌春にかけての旅で感じたことだから、この常住寺の二行の内容が、それよりもっと昔に得ていた「加古の松」の知識から書き起こしてきているということは、それを入り口にして、今回、同じ松を見て新たに感じた何かに書き繋いでいこうとしていたと推測される。

それでは、寛政三年(一七九一)の旅以前に常住寺住職の「縁起」を聞く機会があったとすると、それはどんな場合だっただろうか。先ほども触れたとおり、まだ若かった修行中の良寛が、それも一人で旅した時に、修行上、常住寺住職に対して寺のそもそもや庭の松のことを直接尋ねる必要は無さそうである。だとすると、もっとも自然な機会は、國仙に随行していて、一行に対して寺の住職が語ったのを、その一行の中の一人として聞いて知った、という状況が想定される。そこで、その機会を良寛の閲歴中に求めると、安永八年(一七七九)、良寛が國仙に連れられて出雲崎から圓通寺に向かった時か、國仙に随行しつつ越後にいた大而宗龍への請見を目指した天明四年(一七八四)の折か、のいずれかということになる。それは、寛政三年(一七九一)または同四年(一七九二)からは十二、三年前、または、七、八年前に相当し、例えば期間の短い方だとしても、それは常住寺住職が話したはずの寺の縁起をすべて正確に記憶し続けられる年数ではないように思う。「縁起」の内容が三箇所、「家持」「はや」「みゆる」に誤っていたとしても、それは致し方ないことと考えられる。

ここで、エに掲出した常住寺「縁起」を手がかりとして「加古の松」の和歌を考察したついでに、この寺にあった「一代の鹿児の松」の大きさについて触れておきたい。ここに尺貫法で記されている数値をメートル法になおしてみると、その幹周は九三九センチ、直径では二九九センチとなる。そんなに大きな松があるものかと疑われるほどの大きさだが、一九九三年に枯死した松で、香川県さぬき市志度の真覚寺にあったクロマツ(「岡野松」あるいは「岡の松」と言われた)は幹周九〇〇センチ、直径二八六センチだった。加古川の古い氾濫原の一部が島として残ってきた、養分と地下水に恵まれた地所の「加古の松」が、真覚寺のクロマツを直径で十三センチ凌いでいても、それはあり得べきことと納得できる。この数値は事実を伝えているものであろう。

では、常住寺「縁起」に具体的な記録の残っている「一代の鹿兒の松」と、『播州名所巡覧圖繪』にY形の幹として姿を残す「加古松《かこのまつ》」とは、同一の松なのであろうか。その疑問を解くために、前掲資料Bも触れていた太田南畝の記録を見ておくことにしたい。

徳川幕府勘定奉行所の役人で支配勘定だった太田南畝は、文化元年(一八〇四)六月、長崎詰めを命ぜられ、七月二十五日に江戸を発って、九月十日に長崎に到着した。この往路での加古川着は八月十九日、その夜は鍵屋伝兵衛に投宿したが、その時には常住寺は通過した(この旅の記録は「革令紀行」。『太田南畝全集』第八巻〈一九八七年、岩波書店〉所収)。長崎から江戸への帰路の旅は翌文化二年十月十日の出立で、南畝はこの帰路のことを「小春紀行」として書き残している(同全集第九巻所収)。この「小春紀行」巻之下によると、十月二十九日、往路に見そびれた曽根の松、石の宝殿を見て「加古川の渡にいたり、加古川の宿に昼休」した。次に「本陣の名を鍵屋権兵衛といふ」と続け、それに続く以下引用の箇所で「…と聞て」と言っているから、おそらく本陣で近くの常住寺の松のことを初めて聞いて寄ってみたのであろう。

この宿に常住寺といふ寺ありて、(欄外書き入れを省略)鹿児の松といふ大きなる木ありと聞て、いきて見しに、道より左の方なり。松の高さ三丈三尺、めぐり壱丈三尺、東西二十一間、南北十八間ありと云。行家卿の歌とて、

けふはまた田鶴の啼音も春めきて霞にけりな加古の嶋松

など松の図にはしるせれど、植たる人の名もしれねば、曽根の松の枯たる木よりもなつかしからず。げに甘棠の愛は召伯のいこへるによるなるべし。

(前出全集第九巻六八頁。引用中の「曽根の松の…」以下は、この箇所以前に「名におふ曽根の松は菅神の手づから植させ給ひしを、天正の頃の兵火に西北の枝枯たりしを、又はびこる事古にまさりて、未申より丑寅へ二十間余、戌亥より辰

巳へ十間余、その間茂りあひて蓋をのべ、ふすごとくなりしとぞ。天明三年の春の頃、丑寅枝いたみ、同五年秋にいたりて枯、その後、幹より辰巳の枝精気うすかりしが、つゐに寛政十年の秋にいたりて枯はてしとなん。松樹先年終に是枯ぬといひしからうたも思ひ出べし。かたはらに植添たる一木は、古木より分ちしといふ。これも又しげりゆかば、もとのごとくならんとたのもし」としていたことを踏まえての、南畝が「加古の松」に懐いた印象である。なお、ここに「松の図」に和歌が記されているとあるが、その図は堂内に掲げられていたのだろう。なお、南畝はこの日、現・明石市大蔵谷に宿泊)

右のようにして太田南畝が「加古の松」を見たのは文化二年(一八〇五)十月二十九日、文化元年(一八〇四)に『播州名所巡覧圖繪』が版行されて一年後に相当する。このあい前後する別々の記録は、太田南畝が『播州名所巡覧圖繪』所載のY形の幹の「加古松《かこのまつ》」を目の前に見、耳で時の住職の語るその松の計測値を聞いていて、住職の語る数値に得心していたことを示している。その太田南畝の見た文化二年(一八〇五)を遡ること十三、四年の寛政三年(一七九一)または同四年(一七九二)の「関西紀行」の折と、それよりもまたさらに以前の國仙に随行した折とに良寛は「加古の松」を見たのだから、良寛はいずれの機会にも南畝同様、『播州名所巡覧圖繪』所載のY形の幹の「加古松《かこのまつ》」を見ていたと判明する。

さて、先ほど、良寛が國仙に引率されて最初に「加古の松」を見たのは、出雲崎から圓通寺に向かった安永八年(一七七九)か、越後にいた大而宗龍への請見を目指した天明四年(一七八四)かのどちらかだ、という見解を記してきた。そのようにして巨大な松を初めて見た良寛が、西国街道に現在も残っているところの「曽根の松」への道を示した石標を見たらどうするだろうか。もし、急ぎの旅でないなら「以前見た、あの巨大な『加古の松』よりも、もっと大きい松なのだろうか、一度見てみたい」と思うものだろう。良寛が一人で越後・観音院での夏安居に参加した天明五年(一七八五)の旅の帰路か、これまた一人で大而宗龍への三回目の請見に出かけた天明八年(一七八八)の折の帰路かに石標を見てそう思ったなら、良寛は迷わずそう遠くない曽根の松への寄り道を実行に移したことだろう。しかし、その時に良寛が見た曽根の松の姿は、右に引用した南畝の記録が示すように、丑寅方向に出ていた大枝が枯れ、かつて師の國仙と見た「加古の松」の精気みなぎる姿とは大きく異なる様相だった。そんな違いを知ったとき、人は誰も「これは衰えてしまっているが、あの健全だった『加古の松』はどうなっているだろう、元気なままだろうか。それとも、目の前のもののように衰えてしまっただろうか」と考えるものだろう。ただ、この時の良寛はどちらの帰路だったとしても圓通寺へ向かっていたのであり、「加古の松」は既に通過してしまった後でのことだった。そう考えてくると、それ以後の良寛の心の中には「加古の松」の現状を確かめたく思う気持ちが残ったはずで、次に西国街道を行って常住寺前を通るときには、ぜひ、松を見に立ち寄ろう、と思い続けたに違いない。つまり、良寛が圓通寺から出発した「関西紀行」の旅においては、「加古の松」が最初に立ち寄るべき所だったのではなかろうか。それゆえ、須磨、高野山、吉野山と並んで、常住寺の紀行遺墨があるのであろう。

このようにして、良寛が「関西紀行」で「加古の松」を見たのは寛政三年(一七九一)の往路だったはず、としばられてくるが、その時、良寛は以前見たと同様に精気みなぎる「加古の松」を見て、何を思っただろうか。良寛にとってのこの旅は、寛政二年(一七九〇)冬に印可の偈をもらった直後のことだったから、一雲水としてこれから世に生きてゆくために、常に自分の理想的な姿への手がかりを周囲の風物や出逢う人の生き方に求めていたはずで、「加古の松」もそれを求める眼で見たはずである。したがって、常住寺で松のことから書きはじめた冒頭の文章のテーマは、その手がかりを「加古の松」に見出したことだった、という可能性が最も高い。

この肝腎なことの続きは後に記すことにして、ここで、『播州名所巡覧圖繪』所載のY形の幹の「加古松《かこのまつ》」は二代目の松だった、という説について筆者の判断を記しておきたい。

大正三年（一九一四）刊の『加古郡誌』の「縁起」文末に「現時の鹿兒の松は即二代目のものなりといふ」とあることや、『加古川の今と昔』（加古川の文化を語る会編著、昭和五十七年〈一九八二〉、加古川市文化連盟刊）所載の地元の人びとの記憶に、

水田　あの時分（引用者注―会話の続き方から判断すると、前の田口氏の話した昭和六～十年〈一九三一～一九三五〉の頃をさす）に栄えておったのが、常住寺さんの境内にあった鹿兒の松ですなぁ。我々知っとんのんは二代目やけど大きなもんです。

玉岡　播州名所巡覧図絵に描かれているわけですね。あの木は表通りに面した地蔵さんの肩まで枝がいっていましたね。

水田　残っておったのは二代目です。初代はその枝が常住寺さんから出とったんです。二代目も大きなもんでした。

とあるのによると、その二代目の松（その松は、右に掲出した岡田氏執筆のAによれば、昭和十年〈一九三五〉頃に切り倒したという。後、昭和二十六年〈一九五一〉の常住寺の移転によって、新しい境内地〈現・商工会議所などが入るビルの地〉の三代目の松に交代した）を人びとが大木と記憶していたのは確かで、その松が『播州名所巡覧圖繪』に載っているものと信ずる人もいるようだが、それが正しいのかどうか（A執筆の岡田氏は別意見で、Aの中では「当時の松〈引用者注―文意から言うと『播州名所巡覧圖繪』収載当時を指す〉は初代と思われますが、二代目と交替した年代は明確ではありません」としておられる）。

大正十四年（一九二五）から昭和にかけて内務省（後の文部省）がまとめた『天然紀念《ママ》物調査報告　植物之部』第一～

二〇輯に「加古の松」は出ていない。このうちの第四輯には、三好學氏が大正十一年(一九二二)七月から翌々十三年三月までの間に調査した分が収載されており、その四十三～五十二頁に尾上の松、高砂の松、曽根の松が載っていて、「何れも名木たれば天然紀念物として指定せられんことを望む」とある。しかし、加古の松は載っていない。この一連の報告に載っている他の松の太さを見てみると、その規準は幹周が十三、四尺(約四㍍)以上である。そのうえに根上がりや相生等、特殊な状況があるかどうか、また、古書に載る、古歌がある等、著名度がどうか、なども勘案されたらしい。なお、三好氏の実地観察の前段階として、兵庫県では史蹟名勝天然紀念物調査事務嘱托・小西孝四郎氏の調査も行われていた。そのことをも考えると、「加古の松」はこれらの調査対象となった松の近くにあるのだから、この規準に合ったならばこれらと並んで載せられてきて良いはずである。それが載っていないということは、松がその規準に達していなかったから、ということになろう。したがってまた、その時点よりも約一二〇年前に相当する『播州名所巡覧圖繪』の刊年、文化元年(一八〇四)頃はもっと細かったはずで、そうすると、『播州名所巡覧圖繪』に描かれているのは、「一代の鹿兒の松」の方だった、ということになる。ただし、その「一代の鹿兒の松」が、「縁起」に言うところの「嘉禄年中(引用者注—一二二五～二七)大洪水氾濫し、甍を並べし堂塔一宇も残らず流うせ、(中略)此薬師如来日光月光十二神将ばかり松の梢に留りて光明赫々」だったという松と同一であるかどうか、また、「初代」と言えるかどうかは不明である。

カ　國仙が常住寺に弟子を連れて行く必要性について

ここまで冒頭の良寛遺墨の内容を検討してきて明らかになったことの一つは、良寛が自分の意志によって起こした行動だけからでは、この誤りを含んだ遺墨には至りつかないこと、つまり、師・國仙が良寛を随行させたから、後の良寛にこの遺墨がある、ということだった。では、國仙はなぜ弟子を引き連れて常住寺を訪れたのか。そこを以下に考えておきたい。

大忍國仙の武蔵小山田・大泉寺晋住を宝暦十年(一七六〇。國仙三十八歳。この晋住年の推測根拠に関しては、『良寛の探究』九一～九三頁を参照)とすると、相模田代・勝楽寺を経て備中玉島の圓通寺住職となった明和六年(一七六九。國仙四十七歳)には、二ヶ寺の住職を経験、その間九年を閲してきたことになる。その間には弟子も何人か出来ただろうし、良寛が國仙に従って出雲崎から圓通寺に入った安永八年(一七七九)には、圓通寺住職となった明和六年からでも十年が経過していたから、当然、早く入門した弟子たちは既に何処かの寺の住職になっていただろう。住職となれる段階に到達した弟子も次々でてきていたことだろう。事実、安永八年の越後巡錫中に出された書簡の中に「大心」のものが存するから、その時は、少なくとも佛海大心は随伴していたのである。

このような國仙の弟子引率のそもそもは、越後の観音院に入った國仙の師の一人・悦巌素忻との関係で(筆者のこの見解については、『良寛の探究』八九～九五頁を参照)、宝暦十年(一七六〇)以降、越後に出向くことが幾度かあったことによるのであろう。特に弟子の増えた圓通寺時代には、中には仙桂や良寛のような弟子もいたが、たいていは住職たらんと修行する者だったはずで、その弟子たちが次々に瑞世の時期を迎えるようになると、住職として俗世間に入って無事過ごせるように弟子たちを事前に指導しておく必要を國仙自身が感じ、いろいろな機会にそのような弟子を随行させて実地指導の機会としていった、ということだろう。

師匠としての國仙の弟子指導法をそのように考えるとき、國仙の実地指導の中でただ一度、菅江真澄によって、天明四年(一七八四)のこととして書きとめられている信州松本近郊の湯の原温泉宿泊の一件も、単に旅の疲れを癒すことというよりももっと大きな目的、つまり、弟子指導のための湯の原温泉逗留だったはず、ということになる。その視点で見ると、これから住職になろうという者には意味深い暗示——住職は仏法を説く立場、檀家の人びとはその教えを受ける立場であって、自身を上に立つ者と意識しがちだが、入浴者のように法衣を脱いでしまえば僧といえども他とまったく同じ一人の人間である——があったことが分かる。國仙にその意図があったればこそ、近くに弟子たちがいる中で、菅江真澄に向かって「捨てし身は心もひろしおほ空の雨と風とにまかせはててき」という、自分の現在までの有りようを詠んだ和歌を示したのに違いない（この國仙の心の姿勢に触発されていた良寛はやがて徐々に禅僧から脱皮し、後半生は一人間としてのあるべき姿を探究し続けることになっていったのである）。

　ところで、今よりも旅が困難であった江戸時代に、國仙のような禅僧が自分の弟子や法系上近い僧の住持する寺近くに行脚してきた場合、近況を伝えあったり久闊を叙したりする個人的立場での訪問も多かったものであろう。したがって、遺墨中の良寛の誤記からたどってきて、國仙の播州・常住寺への立ち寄りが想定される今、それが個人的立場での訪問であったかどうか、ということの検討も、一応、しておく必要があろう。

　『加古川市誌』第一巻（一九五三年、加古川市教育委員会編）三〇一頁所載の「正保以後歴代住職系統」には、

開山然室光廓＊—[一]開基月江玄菊—[二]岸海—[三]三重—[四]靈峰—[五]大本—[六]本策—[七]大雲—[八]惠嶽—[九]寶山—[十]大圓惠鏡—
[十一]東林太恭—[十二]白峰惠淳—[十三]活山玄獅—[十四]覺成祖拳（高崎）—[十五]傳外祖燈—[十六]謙洲志遜（小川）—[十七]至順謙道（小川）—
[十八]實岳俊道（小川）—[十九]光岳宗俊（小川）

（開山の＊の漢字を『曹洞宗全書大系譜』では「尖」とする。この開山の示寂は、ネット情報では承応元年〈一六五二〉一月二十八日という。括弧内の姓は『大系譜』による。）

とある。この歴代住職のうちの第一～十三世は『曹洞宗全書 大系譜』に載っていないので確定的なことは言えないが、どうも法系上、國仙ときわめて近いという僧はいないように見える。それゆえここでは、湯の原温泉宿泊と同様に、弟子たちを指導する意図での訪問だったと理解しておくことにしたい。

一般に、寺院は人びとの喜捨で成り立つ。しかし、いったん自然災害や大火災が起こると、寺院が立ち行かなくなるだけでなく、喜捨してくれていた庶民が飢饉状態となる。そんな時に寺の住職はどうすべきなのか。その問題を具体的に提起するはっきりした寺歴が、常住寺「縁起」にはある。――そのことを國仙は何かの折に知って、「嘉祿年中大洪水氾濫し、甍を並べし堂塔一宇も殘らず流うせ、」とか「應仁年中の兵亂より寺僧四方に退散し、甍破れて霧不斷の香を焼き、扉落て月常住の灯を挑ぐ。」とかとあるのを糸口として、住職となる弟子にあらかじめ考えさせておきたい。――その思いが、常住寺に弟子を連れて行った理由なのではないか。おそらく國仙は、その意図の下に寺の「縁起」を弟子たちに話してもらったのに違いない。

良寛がそんな意図を懐く國仙に随行して常住寺にやって来たのは、良寛が修行のために備中玉島の圓通寺に赴いた安永八年(一七七九)の折か、あるいは、大而宗龍への請見を目指した天明四年(一七八四)の随行の折かのいずれかだろうが、まだ目指す方向の定まらない良寛に、國仙の常住寺訪問は何をもたらしたか。もちろん、その時点で常住寺の「縁起」が直接的に作用して、その時点の良寛の心の姿勢に衝撃的変化を生ぜしめるということは無かっただろうと思われる。が、寺の住職として世にある場合には、寺の維持のために各方面と折衝する能力も必要、ということだけは気づいたはずで、その結果、その折衝能力の欠落が今の自分に至らしめたことを思い返させて住職となる道の放棄へ、そして、その先には、住職とはならずに自己練磨のみに生きる道を選びとる方向へ、自分の進路を定めてゆくことになっていったと推測される。

キ　良寛が「加古の松」から得たこと

それから十二年、または、七年の時を経る間に、枯れかかった曽根の松を見て、以前見た「加古の松」の健全度が心配になるということがあったとすると、寛政三年(一七九一)八月から翌春までの「関西紀行」では、まず往路に常住寺を訪ねたはずである。そうではなくて、曽根の松も見ず、「加古の松」の健全度も気にしていなかった良寛が、ただ國仙の引率指導を懐かしんで常住寺を訪ねたという場合もあろう。前のケースでは衰えた曽根の松との対比から、そのケースでは國仙引率時点での「加古の松」との比較から、目の前の「加古の松」の姿に何かを感じ取ったことが考えられる。当時の良寛は、既に一雲水として世に生きる決意をしており、眼に入ったもろもろの風物や人びとの言動に、一雲水としてのあるべき姿の手がかりを求めていたはずだからである。その眼で「加古の松」を見て感得したのは「松の精気の有無は根の活力の有無による」のはずであり、それを我が将来にも押し当てた場合、「加古の松」の根に見習って自身の日常修行をこそ一〇〇%に保たねばない、ということだったに違いない。その方向こそ、師の國仙が自分だけに示してくれた家風や印可の偈の「閑」の方向にも適う、と考えたことだろう。事実、良寛は越後に戻って、精神面では自己の能力の上限いっぱいに生き、物質面では最低レベルでの知足に生きた。

そして、はるか後年に至って、良寛は若い頃からその時々を精一杯の努力で生きてきたと認識できたから、そのような努力を基盤として初めて成り立つ「無観」という心の姿(このことについては『良寛の探究』二八八〜二九〇頁を参照)を、自身にとって最も大切なこととできたのである。そうすると、良寛の「無観」尊重という信念の大もとの一つは、この関西紀行の中で、再度、この「加古の松」を見て物思ったことにある、と言えるのではなかろうか。

◇　◇　◇

ここまでの点検および考察に問題点が存しないなら、圓通寺に向かった安永八年(一七七九)か、大而宗龍への請見を目指した天明四年(一七八四)かに、師・國仙に随行して常住寺に来ており、その折に寺の住職から「縁起」を聞いていたことになる。そして、その後七年、あるいは十二年が経って、「関西紀行」の旅に出た寛政三年(一七九一)に常住寺を再訪し、以前見た時と何も変わっていない巨大な「加古の松」を見て感じたことを書くため、住職の語った「縁起」の中から松にまつわる行家卿の行いとその詠んだ和歌の箇所を思い出し、そこから書きはじめた。——そんな良寛の動きが矛盾なく見えてくるのではなかろうか（なお、「関西紀行」と言われる一連の文章のうち、この常住寺の項目だけがわずか二行で中断しているのは、うろ覚えのことを書き残すことに、良寛自身が不満足さを感じたからではなかろうか）。

以上のことからすると、冒頭の二行の書かれた一紙は、かつて現・加古川市寺家町にあった常住寺と、その境内にあった「加古の松」について記したものだ、と断定できるのではないか。

五　俳句「この人の背中に…」の「この人」は誰か

この人の背中に踊りできるなり　（玉）

谷川敏朗氏は『良寛全句集』の中で、この良寛の句の現代語訳と注釈、解説を次のように記している。これが全文である。

かまどに薪を燃すため、この人が背をかがめているが、その姿を後ろから見ていると、背中があまりに広いので、そこを広場として踊りができるように思われることだ。

○―新潟県与板町の町年寄、酒造業の山田家のお手伝い。

別本―「なり」を「かな」とする。

＊

出典（引用者注―玉木禮吉編『良寛全集』をいう）には、「與板町山田氏に肥大なる下婢の竈を焚きて居るを見て」とある。山田杜皐《とこう》は文人であり、妻のよしはユーモアを解し、良寛と戯れ歌を詠みかわしている。そこで良寛も、同家の人と気楽に付き合っていたようだ。

良寛には、かます、すがた、ほたる、からすなどの綽名《あだな》がついている。これらは、おそらくよしが中心になってつけたものであろう。良寛もよしに、すずめという綽名をつけている。

本句は俳句というより、川柳に近いものである。しかし、句の底に暖《ママ》かな心情が流れている。それは「この人の」の言葉にある。この語は、当時とすればやや丁寧な使い方であった。ともすると、相手はお手伝いでなく、よしであったかもしれない。(傍記の「ママ」は引用者)

この解説で谷川氏は、杜皐の妻・よしがユーモアを解し、下働きの女性たちとともに良寛に綽名を付けたり、戯れ歌を詠み交わしたりしていたから、良寛の方もよし以下の女性たちとは気軽に付き合っていて、それで、良寛はこの句を詠んだのだとしている。そして、このようなことを通して詠まれた良寛の俳句の特性について、同書巻末の「良寛の俳句の世界」では、人事をめぐる句には即興性が強いこと、ユーモアがあって心のゆとりが感じられること、の二点を上げている。確かに、「すゝめ」(雀)宛の良寛の手紙には「かしましとおもてふせにはいひしかとこのころみねはこひしかりけり」と和歌一首が書いてあって、これは詫び状である。この手紙が存在するということは、良寛が山田家に滞在すると我が思いをそのままに口に出すことのあった証拠で、そこから考えると、山田家の家族や下働きの女性たちと良寛との間には、他家での場合とは違った、特別の気易い関係があって、その場その場で良寛の即興性も発揮されやすかったと想像される。そこで、谷川氏はそんな見方によって右の解説文を書いたのだろう。

次は蛇足気味のことだが、良寛と山田家の親密な関係を明らかにするために、「すゝめ」宛と「およしさ」宛の手紙について考えておきたい。まず、右に引用の「すゝめ」宛の手紙については、その「すゝめ」が誰なのかという点が問題にされてきた。しかし、もし「すゝめ」が山田杜皐夫人の「よせ」だったとしたら、良寛は他人の女房に「このころみねはこひしかりけり」と言ったことになる。いくら親しくしてもらっていたとしても、このように、他人の妻に秋波を送る結果となる言葉を「人の生けるや直し」に生きた良寛が書き送るだろうか。このことからも「すゝめ」が杜皐夫人の「よせ」ではないと分かる。また、思春期に近い頃以降の「よし」に宛てたものとしても、周囲から雲水の良寛が五欲にとらわれて懸想したことにされてしまうから、そんなことはするまい。それは下働きの女性宛でも同様である。そうすると、この手紙の書かれた状況は、まだ「よし」が幼かった頃のこと以外ではあり得なくなる。——烏が巣に帰るとされるような夕暮れ時に良寛が山田家にたどり着いた。そのこともあって、山田家の女性たちは黒い衣の良寛に「からす」の綽名を付けた。その場には、まだ四、五歳だったおしゃまな少女の「よし」も出てきて、それを見た誰かが「衣の黒い良寛さんが烏だったら、この子は小さいから雀だね。おしゃまでよく話すしね…」などとひとしきり話がはずみ、急に話しの中心にされて気分の高揚したその少女が、疲労で気分のあまり良くない良寛に「からすだ、からすだ。烏が来た！」などと言ってまとわりつくと、良寛はわずらわしさから、ふと「かしまし」と言ってしまった。もちろん、その時にそれを見ていた母親の「よせ」は「よし」を引き離して奥へ引き取り、翌日、良寛が山田家を出立するまで「よし」は姿を見せなかった。が、次に良寛が山田家に出向いたとき、いつもは出てきていた「よし」が出てこない。良寛はそのことから、前回、自分が「かしまし」と言ったので、今、「よし」はここに出されないでいるのだと気づいた。そこで、まず親の杜皐夫婦に詫びる手立てとして「すゝめ」宛に和歌一首の詫び状を書き、「この前は、子供を相手に大人げないことを言ってしまった。詫びたいから、これを『よし』にやって欲しい」という添え言葉とともに、その詫び状を親に渡して詫びたのだろう。

「およしさ」宛のもう一通は、ある年の十月、良寛が「およしさ」に布子を返却する際、それを持参してくれる者に託した送り状で、写真版でも、右から表巻きにした手紙の左の端、巻き納めた後に札《ふだ》状にした手紙の表書きと裏面になった部分には、折り目の手擦れ線が二本見える。その線の間にある手紙の表書きには、上に宛名の「およしさ」、下には自分を「ほたる」としている。裏には手紙を托した人が混乱しないようになのか、「山田屋」とある。文面には「ぬのこ一（「ひとつ」か）此度御返申候　さむくなりぬいまは蛍も光なしこ金《かね》の水をたれかたまはむ　螢」とあって、その手紙からは次の状況が考えられる。――いずれかの年、もう螢が出始めた頃になってから季節はずれの寒い期間があり、ちょうどその折に良寛が山田家にやって来て、しきりに寒そうな様子をしていた。折悪しく主婦の「よせ」は風邪か何かで臥せっていて、その指示でまだ若い「よし」が対応した。「よし」は家族が着ていない布子を良寛に着せ、台所で身体を温めるために酒も飲ませた。その時には、出始めた螢のことが台所の女性たちの間で話題になり、そのうちの一人が「そういえば、良寛さんはこの時期になると一度は来るね…」などと言ったところから始まって、「これからは、夏に来た良寛さんは螢と呼ぼう…」ということになっていった。翌日も寒さは続いていて、良寛は布子を着たままで帰庵し、夏は借りた布子をそのままにして過ごしたが、秋の深まった十月、山田家でも布子を必要とする時節だ、と返すことにしたのだろう。その送り状には、寒かった布子借用の折、酒でも身体を温めてくれた「よし」への感謝の気持ちを和歌で書き添えて…（この和歌は良寛が酒を求めたものだと解することも出来るが、布子借用と直結する和歌のはず、との前提に立つと「寒くなった昨今、その寒さに耐えていても誰も酒で身体を温めろと言ってくれる者はいない。が、あの時にあなたは『寒かろう』と酒を勧めてくれて、私の体も心も温めてくれた。そんなことをしてくれるのはあなただけだ。あの時は本当にありがたかった」の意となろう）。

　これら「よし」宛の二通の手紙に表れた良寛の思いを見ただけでも、いかに良寛が山田家で親しく接してもらっていたかが分かる。

　ここまでの理解から言うと、良寛は「よせ」と「よし」とを混同して手紙の宛名を書いているとは見えないし、具体的に良寛が来訪している山田家台所での場面を考えてみても、綽名を付けられるほどに良寛が親しまれていたのなら、もし、良寛が呼び間違えてしまった場合や、良寛の発音が訛っていて自分の名前と違って聞こえた場合などには、主婦の方からすかさず「私は『よせ』です」と正されたはずで、一度でもそんなことがあれば、主婦宛の手紙に娘の名の「よし」を書くことは起こりえない。もし、下働きの女性の中に、偶然、同名の「よせ」や「よし」がいたとしても、普段、誰を指すのかが分かるような特別な呼び方がなされているはずであって、良寛がそれらの区別に無頓着だったとは思えない。やはり、良寛の書いた宛名の「およしさ」と「すゝめ」は、どちらも「よし」本人を指すのに違いない。そこで、以下を述べるにあたっては、杜皐の妻の名は「よせ」、その杜皐夫婦に、割合、若死にした娘「よし」がいて、良寛はそれらを区別していた、との前提に立つことにしたい。

ア　通説の含み持つ問題点

良寛の詠む人事の俳句の場合、他から何かを書くよう無理矢理求められて、それをなんとか逃れる策として句作し、その場で詠んだ句をその場で書く、ということが多い。「柿もぎの…」や「雨のふる…」の句の詠まれ方がその例である。そのような場合、今、自分が困らされているのを押し返す心が働くせいか、俳句を詠んだとしても、その句には相手をやりこめたり、からかったるする気分が漂ってしまうのが普通である。良寛にしてみれば、責めを逃れる策としての俳句だから、それも仕方ないことと考えていたのに違いない。しかし、冒頭の句をそれらと同じケースと見て、同様に理解しようとすると、句には明らかに「この人」をからかう雰囲気があるのに、玉木氏『良寛全集』所載の詞書《ことばがき》には「この人」が良寛に対して何を求めたのか、が完全に欠けている。——もう六、七年は経つと思うが、そのことが気になりだした。

我々普通の人間が普通に社会生活するにあっては、自分が何も困らせられていない他人に対して、その人をからかって不快にするようなことを言い出しはしない。もし、そんなことを平気でしたら、それは異常人である。まして、漢詩で「清浄《せいじよう》 深探得《ふかくさぐりえば》　花還《はなもまた》世上塵《せじようのちり》」（四〇一）と言い、戒語によって自分の言い出す言葉に極力留意しようとした良寛、遊女の境遇にさえも心を寄せて生きた良寛が、下働きをしている大柄の「この人」といくら親しくとも、何事かを無理矢理求められることも無しに、その人にとっては言われるといちばん痛いはずの体形のことを揶揄するなどということは、決してしないはずである。もし、普通と異なっている他人の外見をわざわざ取り上げて言ったとすると、その表現内容が事実であればあるほど、それは苛《いじ》めとなる。現今では、「普通と違うのを『違う』と言って何が悪いか」と言う者がいるかも知れないが、そんな人でさえ、自分の言われたくないことを他人に言われたら、激しく腹立つか、さもなくば、深い屈辱感にさいなまれるだろう。そんなわけだから、人が人を苛めることの大もとがそこにあることを、良寛が知らぬはずはない。良寛自身の経験として、子供時代に「曲《まがり》」と言われて心に深い痛手を受けたはずなのだから(「曲」については『良寛の探究』「曲という字」を参照)。——そう考えてくると、谷川氏も言われている通説どおりの解釈においては、良寛の困らされていることが伝わっていないという点において、何か重大な誤認があるのではないか、と思われてくる。

しかし、そう考える反面、良寛とて人間なのだから、時にふと「この人の背中は…」と思うことぐらいはあったかも知れない、ということだけは否定しきれないできた。そして、良寛は、自分の思いの中に自然と湧いてきたからかいの気持ちを悪しきことと判断して、そんなふうに思うのは自分の修行の未熟さゆえだ、他に心を寄せて生きることの出来ていないゆえだと反省し、「以後、犯すべからざることの一つ」として秘かにメモ書きしていて、それが今に伝わってしまったのかもしれない、などとも考えてきた。

ところが、数年前、自分で編んだ「良寛揮毫詩歌索引」で「この僧の　心を問はば…」の関連表現法をあたった折に、遅まきながら「この人の…」の俳句と「この人や…」の俳句が同じ句だということに気がついた。『良寛墨蹟大観』第三巻一〇〜一一頁に写真版が載る一紙の存在に、その時やっと気づいたのである。

そこには、次のように、冒頭の句を推敲した後の作が、和歌一首の次に書いてあった。

あきのひにひ
かりか、やく
す、きのほこれ
の*
おにはにた、し
てみれは

この人や
せなかに
おとりてきるかな
（*を付した一字は、良寛が脱落に気づいて行間にやや小さく書き込んだもの）

推敲を経た後の句形にしろ、この句を書いた遺墨があるということは、良寛にとって、この俳句がもともと秘すべきこと、留意すべきことのメモ書きではなかったことを意味している。

こうして、通説どおりに、親しさゆえに下働きの女性の大柄なのを正直に詠んだもの、としてたどってきて、そこに自然と付随してくるからかいの雰囲気を良寛が容認していたとすると、その良寛の行為は、「人の生けるや直し」に生きた良寛とはどうもそぐわなくなる。また、通説の場面でのからかいの雰囲気の句を、「後に手直ししたから、もう良いのだ」として自然な庭の良さを言う和歌と並べたのだとすると、その安易に取り合わせる良寛の行為は、漢詩に「誰問《たれかとわん》迷悟跡《めいごのあと》　何知《なんぞしらん》名利塵《みょうりのちり》」と言って、「跡」や「塵」までも排除する繊細さに生きた良寛と、これまたそぐわない状況が生じてしまう。

つまり、我々が「良寛は繊細な感覚を持って物事を判断し、自己には厳しく生きた人だ」と理解するなら、通説の場面で冒頭の俳句が詠まれたとは認定できなくなるのである。したがって、良寛の人間像をそのように認定するなら、この俳句の詠まれた実際の場面は通説以外にあり、それを探し出さなければ、冒頭の俳句を正しく理解したことにはならない、ということになる。具体的に言うと、「『この人』は台所で竈炊きをしている下働きの大柄の女性ではない」との前提に立って、「この人」は本当は誰なのか、本当はどんな場面での俳句なのかと探し求める必要が出てくる、ということである。

谷川氏が『良寛全句集』への採録典拠とした玉木氏『良寛全集』は大正七年(一九一八)二月の刊で、冒頭の俳句は玉木氏に発掘されて初めてその全集で活字化されたものだった。その玉木氏が、詞書に「與板町山田氏」として句の詠まれた家を特定しているのは、その句の出た場所が山田家だったからだろう。ただその詞書には「この人」が良寛に求めた内容が少しも書かれていない。この「『この人』の求めた内容が少しも書かれない」状態はどうすると生ずるか。

杜皐の次の代以後大正期までの山田家の誰かが、山田家に伝わる「すゝめ」と「およしさ」宛良寛書状等にうかがえるところの良寛と山田家女性たちとの親しい関係を、別に伝わるこの俳句の場面に押し当てて考え、「この句では良寛に背中が見えているのだから、『この人』は杜皐の妻・よせではなくて竈を焚いている下働きの女性」と想定した。その想定がその後の山田家に伝わってきて、その伝承がそのまま玉木氏に教えられたのだろう。そうだとすると、玉木氏の記した詞書であやふやさの無いのは、「良寛が山田家で詠んだ句」ということだけだ、と判断される。すると、そこからも、「この人」は通説とは別な人、場面ももちろん別、という可能性が出てくる。

そこで、以下では、良寛が長年、親しく交際したはずの杜皐に目を向け、杜皐との関係でこの俳句が詠まれる状況があったかどうかを考えたい。

イ　良寛と山田家との関係

良寛の生家・出雲崎の山本家と与板の山田家とは、割合近い関係にある。その概略を『与板町史』通史編上巻六七八頁に記載の山田家家系図に拠って記すと、

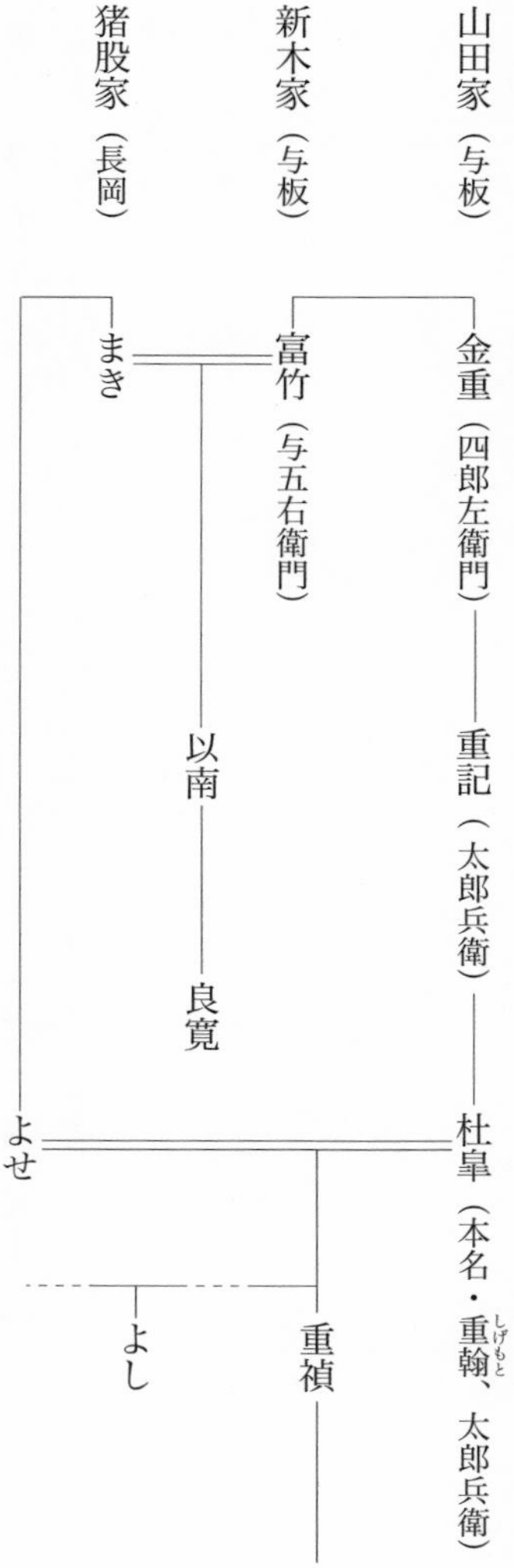

であって、与板の新木家を継いだ良寛の祖父・新木富竹（与五右衛門）は山田家の出だった。その新木家を継いだ富竹の妻となったまきは長岡の猪股家から嫁いだのだが、そのまきの妹・よせが山田家の若主人・杜皐（本名は重翰《しげもと》。新木富竹の兄の孫）に嫁いでいる。良寛にとっての山田家は、父方の祖父の実家であるだけでなく、祖母の妹もいる家だったのである。

当時の男子は十七、八歳で一人前と見られ、間もなく所帯を持つというのが普通だったから、良寛が数え年三十五歳の寛政四年（一七九二）に帰郷した時（この年に良寛が帰郷したとする根拠は、『良寛の探究』「帰郷途上の糸魚川における

漢詩」を参照)、山田杜皐は十九歳で、よせと結婚したかどうかという頃合いに当たる。したがって、良寛が帰郷した後、父方の祖父母に近い関係の、この山田家をやがて訪ねたとすると、還暦を迎えるまでの二十五年間に、杜皐夫婦のどちらともきわめて親しくなっていったと想像される。

しかし、山田家での良寛について伝わる事実は多くない。前に触れたところの、自分と相手に綽名が用いられている良寛の書状の他には、解良榮重「良寛禪師奇話」の第三十一段に、

師、与板山田某ノ家ニ宿ス。其家、画幅アリ。ケモノ、形ヲ画ク。師、甚タ珍愛ス。一時、人ナキヲ見テ、自ラ其画幅ニ對シ、ケモノ、體ヲナス。家婦人、ヒソカニ來、見ル。師曰、我ヲ*何ヲナス、君知ルコトアリヤ。婦人曰、師、画獣ノ態ヲナス也。師、驚キテ曰、君ハカシコキ人也。然リト云トモ、明《あきらかに》カクノ如ク也ト云フコトナカレ。奴婢カ氣ツカヘスル。

(加藤僖一『良寛と禅師奇話』〈一九八〇年、考古堂書店〉所載写真から翻字。原本の古体の「コト」「トモ」を通行のカタカナとした。*は「ハ」の誤記か。句読点とルビは引用者)

とある程度である。この場面では、「ケモノ」の「画幅」とあるからそれはきっと虎の絵で、良寛はその虎の仲間の一頭になりきって座敷の中を動き回っていたのだろう。それを「家婦人」に見られた。見たその人を良寛が「君ハカシコキ人也」と言ったのだから、相手の人はまだ若い人、おそらく若婦人のよせだったのに違いない。そのよせが「良寛は猛獣の虎が好きで、自分もその虎になりきって動き回っていた」と下働きの者に言ったら、下働きの女性たちは自分のことを「虎に類する者、何をしでかすか分からぬ、薄気味悪い者としてよそよそしくするだろう、それは困る」と心配になって、「どうか、はっきり言わないでくれ」と言った、という逸話である。

虎になっている自分を見たのが杜皐ではなく、若婦人のよせだったから、台所の働き手の女性たちにすぐ広まり、自分は台所に行けなくなる、と良寛は考えた。このように、良寛が泊めてもらう家で、常々、台所にもいたということは、同書第四十八段の解良家での良寛が「或ハ厨下ニツキテ火ヲ焼《ママ》キ」(傍記は引用者)とあるのによっても知られる。そうすると、良寛が台所で立ち働く人の後ろ姿を背後から見る機会はしばしばあって、肉付きの良い人の後ろ姿、痩せた人の後ろ姿、それぞれに特徴のあることを見て知っていたということになろう。

ウ　良寛と山田杜皐

良寛は文化十三年(一八一六)に乙子神社の庵に移り、その翌年には還暦の節目の年を迎えた。更にその翌年の文政元年(一八一八)頃のこととされるが、大関文仲が「良寛禅師傳」をまとめて、それを中原元譲を介して良寛に見てもらおうとしたことがあった。その時、良寛は「野僧元より数ならぬ身」で、しかも「物にか、はらぬ性質」だから、と文仲宛の書状で校閲を断っている。この一事を以てしても、この頃には良寛の名が近郷に知られるようになっていたと分かるが、その頃、良寛自身は既に、禅僧としてよりも一人の人間としてどうあるべきかを探究することに関心を移しており(このことについては『良寛の探究』「仙桂和尚」を参照)、良寛にとって自分が禅僧であることは、もはや最重要ポイントではなくなっていたのである。

一方、山田家では、文化三年(一八〇六)八月に八代目だった杜皐の父が死去し、それ以降は九代目として杜皐が家を継いだ(この時点の杜皐は三十三歳、良寛は四十九歳)。この九代目・杜皐についての詳しい記述の存否を筆者はまだ把握しえないでいるので、当面、谷川氏『良寛の書簡集』の記述のみに拠って考えるしかないのだが、そこには、

①　山田《やまだ》杜皐《とこう》。与板《よいた》の町年寄で、酒造業を営んでいた山田家九代、太郎兵衛重翰《しげもと》である。俳諧や絵を愛し、号を

杜皐という。天保十五年(一八四四)一月十六日、七十一歳で死去した(十六歳年少)。(二三五頁)

② もともと、杜皐は発句や絵にすぐれていた。(二五〇頁)

③ 山田杜皐が描いたと思われる良寛像が、二点知られている。(二五一頁)

④ 良寛自画像といわれる、行燈の前で読書する良寛座像がある。杜皐の絵とも言われるが、この絵の良寛は頭巾をかぶっている。(二五三頁)

とある。③と④の項目、特に④にある行燈の前で読書する良寛座像が杜皐の絵とも伝わる程に、杜皐の絵の技量が秀でていたのなら、文政元年(一八一八)頃に至るまで我が家が親しく交際してきた良寛、近年にはその存在が広く近郷に知られるようになってきている良寛を、我が家のためにも描き残しておきたい、と思うものだろう。そんな思いがあれば、必ずや杜皐は幾度か良寛の絵姿を描いてみていたはず、とも想像される。

そんな思いの杜皐が、広く名の知られてきている良寛を絵像として描く場合、世間で得ている高い評価が窺える絵像にしたいと思い、どんな場面の良寛を描くとしても、それらはいずれも長身だった実際の良寛の体軀を踏まえ、かつ、立派な禅僧の風格を備えた姿に描こうとするはずである。その良寛絵像のうちの一枚が「これなら良寛本人に見てもらっても良い」と思うレベルの絵像に仕上がって、それを良寛に見せたのだとすると、その見せた良寛絵像は必ずや杜皐の懐いている良寛の理想像に近くなっているはずで、それは実際の良寛以上に立派な禅僧の風格が窺える絵像だっただろうと想像される。もし、杜皐がそんな絵像を良寛に示して「私の描いたつたないものだが、良寛様の絵姿を我が家に残しておきたい」などと頼んだのだとすると、良寛はそれにどう対応するだろうか。

示された絵像の中からは、自分の顔や上半身の様子が自分で思っているよりもはるかに堂々とし、かつ、風格を備えた立派な禅僧という点がまず目について、反射的に背の高い人の背中の特徴を思い出す一方で、すぐさま「良寛禅師傳」のとき同様に、「野僧元より数ならぬ身」で、しかも「物にか、はらぬ性質」だからそういう絵は残さないで欲しい、と断ることになるだろう。そして、「断る際に、もし、描かれた具体的な箇所を取り上げて断ると、『そこを直せば絵像を残して良いのだな』というふうに誤解されかねないから、絵に見えることは避けて言おう、俳句をたしなむ杜皐に対して言うのだから、俳句で言おう」などと瞬時に思いをめぐらすに違いない。その思考の結果が「この人の…（この場面での俳句の意味は「この絵の中の自分を後ろから見ると、その背中は広く堂々としていて、まるで踊りさえも出来るほどだ。しかし、自分の内実は、こんなに広く、こんなに立派なものではないので、この肖像を残すのは止めにしてほしい」となる）」の即吟となり、それを示して自分の断る意志を伝えようとしたのではないか。

そうすると、「この人の…」の句の中の「この人」は「杜皐の描いた絵姿の良寛」であり、それを良寛本人が「この人」と客観的に表現したもの、ということになる。絵の中の自分を言う句だから、そこに「背中の広い自分をからかう気味があっても問題はない」と考えて、思いついたままの冒頭の句形で杜皐に示したのだろう。

しかし、しばらく時を置いて良寛が「この人の…」の句を振り返ってみたとき、「実際の自分の内実は小さくつまらぬもので、絵に描かれているごとき大きさではない」と描き手の杜皐に対して言うことは、真実の姿が描けていないという点において、結局は、描いた杜皐の技量が優れていないと言っていることになるし、また、絵の中の背中の広い自分をからかうことは、結局は描き手の杜皐の技量をからかっていることにもなる、と気づいたのではないか。そして、「これはまずかった」と思った良寛は、前出遺墨にある句形「この人やせなかにおとりてきるかな」に改めたかと思われる。

冒頭の「この人の…」から遺墨の「この人や…」への改変は、「の」と「なり」を「や」と「かな」に差し替えた点である。改変後の「や」は『論語』の読み下し等にもしばしば出てくる用法で、「…というものは…」と提示して、そこに時間的間隔や、多少の詠嘆を挟み込む働きを持つ。それに呼応するように差し替えられたのが「かな」で、この語には軽めの詠嘆をふわっと広げて全体を包み込む働きがある。「背中」に直結させる働きの「の」と、はっきり断定する「なり」とに差し替えて入れた「や」「かな」二語によって、句全体の雰囲気がやわらかく、おだやかになり、その結果、句は杜皐の描いた絵からは完全に離れていって、良寛が大柄の人を背後から見て、心の奥で「この人の背中の広さだと、踊りさえ出来るかも…」と思わずユーモラスな連想をしてしまった、という告白の句に変化した。

そこで、そのように変化させた俳句を「あきのひに…」の和歌の後に並べて書いて、良寛は書作品を作った。その制作意図は何だったか。それは、この句の表している作者の心の有りようが暗示している。すなわち、この句の詠み手の良寛は、今、山田家の親しく接してくれる人びとの中にいて、心に何の緊張もなく、静かで明るい、実に伸びやかな時間を過ごしている、そのことを暗示できる句になったから、そのように自然とさせてくれている山田家への感謝と親しみの気持ちを表すために書いたのである。したがって、その書作では、前に、山田家庭園の持つ自然な良さ(この自然さが良寛には好ましかったのに違いない)を詠んだ「あきにひに…」の和歌一首が取り合わされたのである。

こうして書かれた一紙は山田家への感謝を表すものだから、山田家に残される。そして、良寛にそのようなやり方で感謝を表す意図があったなら、「あの時も、この時もそうだった…」と、山田家で過ごした折々を振り返ったに違いない。その時に、もし、「以前『肥大なる下婢』がいた」、または「今、いる」と分かったら、良寛はどうするだろうか。「この人や…」の句を読んだ山田家の誰もが「良寛さんはあの女性の体格の大きさを揶揄《やゆ》している」と直感する句を、決して書き残しなどはしない。誤解や邪推の起きそうなこと、苛めのもとになりそうなことは留意して避けるのが、良寛の「人の生けるや直し」の生き方なのだから。そうだとすると、良寛が「このひとや…」の句を書き残しているということは、山田家に「肥大なる下婢」はいなかったはず、ということにもなる。

〈付載〉
『良寛墨蹟大観』収載　良寛揮毫詩歌索引

1　この索引は、良寛自身が自分の生き方に関係している詩歌、語句等を、どのような物にどのように書いていたのかを、『良寛墨蹟大観』（全六巻、「書玄」制作、平成四〜六年、中央公論美術出版刊）によって知ることを目的として編成した。

2　『良寛墨蹟大観』に収載された良寛筆とされる遺墨（解説に疑いありとされるものも含む）に記されている詩歌、語句等を、その初句または初句と第二句によって検索出来るようにした。その索引の構成は次のとおりである。

Ⅰ　漢詩等の索引

Ⅱ　和歌等の索引

Ⅲ　俳句索引

Ⅳ　詩偈等の索引

ア　仏教的、修養的内容　イ　中国古典、儒教的内容　ウ　文法、草仮名、紀行文、その他

ただし、ⅠとⅣの区別、Ⅳの中でのア〜ウの区別は、必ずしも厳密ではないところがある。

3　収載遺墨のうち、次の内容や項目の箇所は、この索引の底本範囲から除外した。

ア「漢詩等の索引」の関連では、写真解説文の「編注」で有願の作とされている第一巻「巻冊」の、三、

五七言絶句帖「春風弱柳簾吹」、一一、題九相図帖「緑髩如糸情悉灰」、一二、題蕉翁図帖「芭蕉葉ニ黒クモ」。

イ　「和歌等の索引」「俳句索引」「詩偈等の索引」の関連では、一紙中に記されている良寛以外の者の作品を良寛以外が書いた部分、および、第三巻「巻冊」二に掲載の、二、万葉短歌抄『あきのゝ』竹内本、三、万葉短歌抄『あきのゝ』安田本のうち、冒頭の枕詞列記の部分。

ウ　第六巻仏語篇のうちの次の箇所。

五、位牌「一灯庭心居士」　八、易経「易曰錯然則吉也」　九～一一の園号、絵画　一二～二五の戒語（一二と一三はおかのと周蔵宛のもの、一三は「あぶらこきさかなくふべからず」とあって他人宛、二四は思考の整理メモで除外。一四～二二、二五は整理して『良寛の探究』付表二に収載済みゆえ除外）　二八、書き入れ「万葉和歌集校異」　二九～三三の額字　三四～三七の過去帖　三八の戒名部分　三九、過去帖　四一～四五の過去帖　六〇～六二の画　六五～七四の看板字　一二二～一二六の巻目　一二七、国上山下文「皇后宮職庁御下文」　一三五～一三八の三社託宣文　一五九、室号　一六八～一七七の神号　二〇二、題簽「進上馬之助殿」　二二五～二三七の堂号　二四一、日本書紀斉明紀「童謡」　二六一、筆録「大倭こはいと」　二六二～二六四の日文　二六五、備忘記「第一受用具」　二七八、法号「釈静行霊位」　二八二、夢遊集「おれがの」　二九〇～二九一の由来文　二九二、蘭亭記「永和九年」　三一三、仏名「延命地蔵」　三一五、書き入れ「訖」

4　配列の仕方は以下のとおりである。

ア　「漢詩等の索引」「詩偈等の索引」は初句冒頭文字の画数順とし、同じ画数の漢字は音の五十音順に配列した。

イ　「和歌等の索引」では第二句までを、「俳句索引」では、初五の部分を平仮名状態として、ともに五十音順に配列。その際、墨蹟仮名遣いのままとし、正規の旧仮名遣いによる見出しを補充しなかった。また、欠字補充は「釈文」に拠り、おどり字には平仮名を充てた。

ウ　「詩偈等の索引」を構成するア～ウの索引は、漢文の場合も和文の場合も、内容の摑める範囲で冒頭部分を取り出し、漢文は「漢詩等の索引」と同様に、和文は「和歌等の索引」と同様に配列した。

5　右の各索引での所在の表示法は『良寛墨蹟大観』の「釈文」と同一であって、次の順で記した。

『良寛墨蹟大観』の巻数①～⑥→各巻における大分類→釈文番号

ただし、墨蹟が冊子等であって、釈文の記載が数頁にわたっている場合、釈文番号の後に、該当作が出ているその巻の頁数を半角数字で記入した。

6　「漢詩等の索引」において、底本の記す形が谷川敏朗氏編著『校注 良寛全詩集』と異なる場合、検索の便を考慮して、右書籍に掲載の形からも検索できるようにした。

7　「釈文」中の異体字関連記述、振り漢字、振り仮名等は、この索引では取り上げなかった。

8　「和歌等の索引」において、第三巻巻冊(一)の釈文番号三、万葉短歌抄『あきのゝ』安田本の作は万葉歌であるゆえをもって＊印を付し、また、同じく釈文番号五、短歌「あきはぎの」他三十二首は、伝小野道風筆「秋萩帖」の筆写であるゆえをもって△印を付して、それぞれ区別した。なお、一紙中に良寛以外の作、俗謡等も含まれているが、それらを区別して示すことはしなかった。

9　「漢詩等の索引」「和歌等の索引」の底本となるべき作品の中には、掲出範囲では同一だが、後半に至ると異なるというものが存在する。その場合、各作を次の句によって区別することはせず、それらをまとめて一つの見出しの下に置いた。

Ⅰ　漢詩等の索引

一画

三画

四　画

五　画

六　画

七　画

八画

九　画

十　画

十一画

十二画

十三画

十四画

十五画

十六画

十七画以上

II　和歌等の索引

あ

か

き

け

こ

さ

た

ち

つ

て

と

な

は

ふ

ほ

め

も

や

ゆ

よ

Ⅲ　俳句索引

Ⅳ　詩偈等の索引

ア　仏教的、修養的内容

一　画

三画

四画

五　画

六　画

七　画

八　画

九　画

十　画

十一画

十二画

十四画

十五画

十六画

十七画以上

イ　中国古典、儒教的内容

一　画

二　画

三　画

六　画

七　画

八　画

九　画

十　画

十一画

十二画

十三画

十四画

十五画

あとがき

良寛は、ある言行を何時したのか、とか、その言行を行った真意は何か、とかというようなことについて、何も具体的には書き残さなかった。そんな良寛を、いかにすれば誤り無く理解出来るかと考えてみたとき、禅僧としての立場からだけではどうしても理解しがたい事蹟が幾つか出てきてしまう。そんな経験を重ねて二十年あまり手探りを続けるうち、特に良寛の後半生を誤らずに理解するには、「禅僧としての良寛」ではなく、「『人の生けるや直し』をひたすらに生きた人」として良寛の言行を見ることが大切だと気づき、その視点で二〇一五年、『良寛の探究』をまとめた。

その後、「人の生けるや直し」を良寛の有りようとしてあれこれを見てゆくと、若い頃の経験が後年の良寛に色濃く影響を及ぼしていると見え、そこから、むしろ若い頃の良寛をこそもっと丁寧に、もっと深く考察しなければならないと考えるようになった。しかし、この「若い頃の良寛」については、ほとんどがいわゆる通説であって、分かり切ったこととされている場合が多い。

もちろん、今、通説となっていることは、これまで良寛研究を推し進めてこられた先賢各位が、年代記入を欠く良寛遺墨を前にして考察を重ね、その成果を論述してこられた、まさにその集積の姿であって、必ず尊重すべきものには違いない。が、時折、良寛尊崇のあまりに、論考に内在する矛盾が小さなものだと「良寛は融通無碍だから」として通過してしまう場合も散見される。そこで、前の『良寛の探究』中に多少は触れてきたことをも含めて、今では通説とされている良寛の若い年代の事蹟を、あえて再考することにした。その検討経過をまとめたのがこの小冊である。

付載の『良寛墨蹟大観』収載 良寛揮毫詩歌索引」は、活字書籍からでは見えてこない良寛の思いを知るために、かなり以前に編成して私的に使用してきたものである。この書籍の収載墨蹟には、解説文中に「良寛筆ではない」あるいは「なお研究を要する」旨の記述がなされた作もあるにはあるが、良寛遺墨とされるものの大概はここに含まれていて、便利した経験がある。そこで、今回の刊行書にその索引を収載すべく、『良寛墨蹟大観』版元に索引底本としての書籍使用許可を願い出た。版元の中央公論美術出版におかれては特別なご配慮をもってご許可くださり、そのお陰によって希望をかなえることができた。ここに同社からたまわったご芳情を記し、深甚の感謝を捧げることといたしたい。

また、この小冊の刊行については、再度、高志書院にお世話いただくこととなった。前回の『良寛の探究』刊行の折と同様、今回も同書院代表・濱久年氏には親身な御対応をいただいた。このことについても深くお礼を申し上げたいと思う。

なお、私事にわたることだが、この小冊をまとめるまでの間は、何かを思いつくと、急に調べものに動き回るということが多かった。そんな自分の日常をずっと支えてくれた荊妻・正子の労を多としたい。

二〇二〇年三月十日

塩浦　林也

【著者略歴】

塩浦林也（しおうら・りんや）

1941年、新潟県柏崎市生まれ。

1966年3月、新潟大学人文学部人文科学科を卒業。同年4月より新潟県内の高校に奉職し、2001年3月、定年退職。元・全国良寛会会員。専攻：日本語学

主な著書

『鷲尾雨工の生涯』（恒文社　1991年）

『良寛用語索引　歌語・詩語・俳語』（笠間書院　1996年）

『會津八一用語索引―歌語・俳語―』（高志書院　2007年）

『良寛の探究』（高志書院　2015年）

主な論文

「『雑々集』諸本の関連性について」（『新潟大学国文学会誌』22号　1979年）

「学位論文の経緯」（『會津八一』野島出版　1979年）

「會津八一の初期短歌における俳句的傾向について」（『新潟大学国文学会誌』30号　1987年）

〈現住所〉　新潟市江南区城山2-5-4

良寛の探究 続編―通説再考―

2020年4月15日第1刷発行

著　者　塩浦林也

発行者　濱　久年

発行所　高志書院

〒101-0051 東京都千代田区神田神保町2-28-201

TEL03(5275)5591　FAX03(5275)5592

振替口座　00140-5-170436

http://www.koshi-s.jp

印刷・製本／亜細亜印刷株式会社

Printed in Japan ISBN978-4-86215-205-3